LOCUS

LOCUS

LOCUS

LOCUS

# catch

catch your eyes ； catch your heart ； catch your mind

catch 38

# 菊兒胡同六號

作者：吳心怡
責任編輯：陳郁馨
美術編輯：謝富智
法律顧問：全理法律事務所董安丹律師
出版者：大塊文化出版股份有限公司
台北市 105 南京東路四段 25 號 11 樓
**讀者服務專線： 0800-006689**
TEL ：(02) 87123898　FAX ：(02) 87123897
郵撥帳號： 18955675　　戶名：大塊文化出版股份有限公司
e-mail:locus@locuspublishing.com

行政院新聞局局版北市業字第 706 號
版權所有　翻印必究

總經銷：北城圖書有限公司
地址：台北縣三重市大智路 139 號
TEL ：(02) 29818089 (代表號)　　FAX ：(02) 29883028　29813049

製版：源耕印刷事業有限公司
初版一刷： 2001 年 11 月

定價：新台幣 200 元

Printed in Taiwan

在廣告工作與個人生活之間
我對自己的思索與對他的思念

# 菊兒胡同六號

吳心怡◎著

獻給我的爸爸

# 目錄

# 序

　　《菊兒胡同六號》是吳心怡在繁重的廣告創意工作之餘，瞞著大夥兒、瞞著我這個一直與她並肩作戰的工作夥伴，在極短、極有效率的情況下：可能是去茶水間的途中、可能在前往動腦會議的路上、可能在我離座去削鉛筆的時候……偷偷寫下來的作品。

　　我懷著佩服的心情把它讀完。

　　身為 art base 的創意人，我是擅長圖像的。我像盲人摸索點字一樣，在外來文化的圖像與圖像間遊走，自己構築出一套屬於影像的可解讀的「象形文字」。因此，對我而言，讀這本書是一次獨特的視覺經驗──讀文字，讀比一般長文案廣告還長很多的文字群。（幸運的是，這次不用校字）

　　聽起來有點兒懷舊的味道：《菊兒胡同六號》。這是吳心怡已逝的父親在大陸老家的地址。她對父親的深厚情感與想念，透過她近十年的廣告生涯，用蒙太奇的剪接手法，將

時間順序剪接開來：各自獨立卻又相互貫連。跳接的情緒與伏筆像真實人生的那種無常般，慢慢透露出圖形與真相。

非常具電影感地在眼前演出。

吳心怡的文字，平常是拿來寫廣告的。透過這條線索來閱讀這本書，常常不只一次地會心一笑，讀到了一種說不出的熱情與聰慧，卻也冷得讓人打哆嗦。

她的文字是很神氣活現的。

張愛玲說的，有一天我們的文明，不論是昇華或浮華，都要成為過去。《菊兒胡同6號》中點點滴滴的過去，對作者也好、對廣告人也好、對我亦然，都是一段這個時代獨特的映照。

**陶淑貞**
**現任奧美廣告創意總監**（又名陶子）
**作者的工作夥伴**

# 自序

只是想跟我爸爸聊聊我不在他身邊時的生活。
於是便把做廣告的諸多小事，想辦法說精采一點。
後來才知道這叫寫作治療。

治療內心無處可去的思念。

思念仍多。還沒寫完。

我來了：10.9.8.7.6.5.4.3.2.1

　　我來了。終於。

　　經過了兩年多時間，終於到了。

　　我站著，看著四周的景物，感受整個氣氛。

　　我看著每一個走過我身邊的人，我想他們一定都已經收到我崇敬的眼神了。

　　我面前是一張約莫 140 公分的黑色桌子，整個都是用藤條盤在木頭上編製的，上面放了一塊透明玻璃，前面是整塊軟木塞的牆面，比我站起來的高度還高，那面牆的前面是我的老闆 Vivian。

　　我的左手邊是落地窗，從我所在的 11 樓看下去，以我當時的愉悅心情來看，真有種登頂後傲視天下的感覺。

　　雖然這只是我進入廣告界的第一天。

　　（喔！你聽，他們連笑聲都是那麼的有創意！）

我終於成爲廣告創意人了！

廣.告.創.意.人.呢！

在這裡的每分每秒都讓我覺得……好有創意。

從大二那年的廣告課之後，就一心一意地想進廣告公司。畢業前夕寄出了 11 份履歷表，每家都以不缺「沒經驗」的文案而拒絕了我，只有一家外商廣告公司的主管慧眼獨具，知道或猜測我有可能成大器而用了我！

就這樣，我，站在我的人生第一個夢想的起跑點上了。

大學畢業那年，我列了十個夢想，「廣告」是其中之一。

我把那張夢想清單給我的死黨 Stone 看，並且跟她說，「我打算做十年廣告，十年之後再前進到下一個夢想去。所以到了十年，如果我還賴著不走，或者忘了對自己的承諾，你一定要提醒我！」

我那從小學四年級便建立深厚友誼的死黨 Stone 用鼓勵的語氣承諾著：

「嗯！人生本來就應該多去玩玩不同的事情，放心吧！我會提醒你！不過，大前提是，你不要還沒滿十年，就被廣告圈給淘汰了！」

她的「大前提」還真中肯呢！

所以，我會好好玩十年，玩個痛快！

然後，回家陪我老爸一年，再重出江湖。

想到小時候，爸爸天天陪著我長大，而我這個做女兒的長大後便離開他到台北讀書，畢業後又留在台北工作，就覺得自己很自私。他一定很希望我能像小時候那樣天天纏著他吧！

對！廣告做滿十年第一件事就是回家讓他養我一年！

我看著夢想清單，打著我的如意算盤，頓時覺得人生真是太美好了。

於是我便快樂地從起跑線上邁開大步衝出去了。

當然我從未忘記提醒自己：以.倒.數.計.時.的.方.式.前.進。

時間的確是越來越少。

我已經進入廣告圈快一個小時了。

同事們都來看新同事，也就是我。

而我也看著他們，他們是我生命中第一批被稱做「同事」的人。（看！他們的長相多麼有創意啊！）

Jeffrey 、 Tony 、 Shoe 、 Josephine ……每個人都擁有一個外國人的名字！

還有幾個聽說是即將離職的人。

離職？

不知道是什麼感覺！

對於一個第一天上班的人來講，「離職」這兩個字有種離開廣告界的感覺。

（當然，這時候的我並不知道，這些在我到職第一天與我僅有一面之緣便離職的人，日後會和我在另一家公司再度碰面！而且不斷碰面！）

我的世界正從這家公司開始呢！雖然我的世界好像也就只有這麼大。

我的世界通常是這樣的：我的位置，到我的老闆，也就是面前那面牆的後面，再到她的對面，也就是我的AD的位置，然後十步之內到ECD（創意部最大的官員）房間……。

這是當時我在廣告圈最熟悉的路線。


胸懷大志進入廣告圈的第一天，第一個上午，我學會了找到茶水間、廁所、影印室；用桌上電話撥內線的方式；要找人就直接扯開嗓子喊；中午有一個半小時的休息時間；公司旁邊的巷子後面，有好吃的魷魚羹、米粉湯……；任何人都可以把音樂放得很大聲——除非有

人抗議，而你也可以抗議別人；中午以前進公司就可以
了……

　　日後（大約是三天後）才知道，第一天學到的通常
不太重要。


　　只有一件事例外！

　　那就是英文字中的 brief。

　　這是一個非常重要的單字。廣告業的關鍵字。

　　「Vivian，客戶昨天 brief 我們一個很緊急的工作，我
們想跟你討論一下 brief！」

　　「你們的 brief 準備好了嗎？」

　　「對，只要你有空我們就可以 brief 你了！」

　　「……嗯！我今天沒空接 brief！明天再 brief 我好
了。另外那支片子的估價單客戶簽了沒有？我要正式
brief 給導演了！」

　　多麼簡要又涵義豐富的字眼啊！

　　brief，brief，brief。

　　Brief 是動詞 brief 是名詞。

　　（多唸幾次！把這個英文字唸順一點吧！）

　　「爸，現在讓我把上班第一天的情形 brief 給你。」

　　「媽，你要不要把今天的晚餐吃什麼 brief 給我們。」

「老弟，你要不要把你這次月考的成績 brief 給媽。」

「親愛的爸媽老弟，大家注意，我準備 brief 你們關於我們家狗狗的預防注射計劃。」

當然，那時候的我不知道這個字將主控我未來十年的生活。

否則我會用更虔誠的語調和心態說出這個字。

中午，同事們帶我去吃路邊攤，並且 brief 我有關公司內部的流程以及好人壞人，哪一個人屬於哪一邊……等須知事項。

這些可都是公司規章中看不到的。

相較於人事行政部的官方文獻，似乎民間流傳的自治方式才能有效運作。

下午的我，在觀察每個同事如何工作以及每個同事如何穿著打扮中度過。

六點左右，經過我身邊的人都跟我說：沒事就可以走了，以後忙起來想走還不能走呢！

可是我還不想走。

我覺得好像一走出公司就脫離了某種自學生時代建立的崇高廣告氛圍。

再說，時間過得很快，我已經進入廣告圈九個小時了。九個小時了！我還一事無成呢！

　　大約在七點左右，創意部同事都漸漸散去時，我才帶著壯志未酬身先死的不甘願離開公司。

　　回到租屋處，便急著打電話回家給爸媽，給大學死黨，給 Stone ⋯⋯一副儼然廣告界創意大師的姿態，一點都不 briefly 的為每個人 brief 我今天發生的事。

　　每個人都很善良的聽我從早上九點到公司報到開始，巨細靡遺地誇張毫無情節的內容⋯⋯

　　跟我身邊的善心人士一一做完 brief，是深夜一點多。距離以創意人的身分進廣告公司上班還有好幾個鐘頭呢！

　　怎麼還這麼久！

　　我決定看看書，吃點東西，然後上床睡覺！

　　我告訴自己，明天是進入廣告圈的第二天，可不能再一事無成了！

跟昨天一樣

十一點左右進公司，跟昨天一樣

開燈開電腦喝咖啡讀文件與信件，跟昨天一樣

一點左右吃午飯，跟昨天一樣

邊吃巧克力邊發想，跟昨天一樣

客戶跟昨天一樣

流程跟昨天一樣

今天跟昨天一樣


沒.有.事.情.發.生.


當然，世界各地有許多事情在發生

我是說「我」沒有事情發生

不是沒有事做，是：沒.有.事.情.發.生.

我還是跟昨天一樣

我已經開始考慮要去刺青或打洞了。

刺什麼呢？

可以刺：「跟昨天一樣」！

啊！刺英文字比較炫：「PAUSE」！

或者刺「毫無進展」、「停滯不前」、「我這樣過了一生」……！

不酷！

□

直到以前合作過的某運動品牌打電話給我，問我有沒有興趣做一個新的籃球概念 HIP HOOP 的上市廣告。

## 當然有興趣。

因為，我都沒有事情發生。

所以，發生吧！發生吧！

HIP HOOP 就變成我這段日子最重要的「發生」了。

什麼是 HIP HOOP ？

簡單的說，就是結合 hip hop 與 HOOP 所創造出的另類籃球。

我開始埋頭研究。

　　首先要進行的是針對兩種「文化」的深入理解與比對……。看看 hip hop 的元素：塗鴉、音樂、刺青、服裝造型、自由表達、無規則的……；然後，再看看籃球的元素……。

　　接下來，是為這兩群人找出他們的內在態度與外顯行為（有點像 FBI 為找出嫌疑犯所做的側寫）；

　　然後將這種交集萃取出的新文化加以具體化；

　　然後塑造一個潛在新族群的類型人物；

　　然後……

　　回頭看看，竟有這麼多的元素要被處理要被包含。

　　看來我不能按照一般案子的方式進行，得找不同的下手處。

　　**音樂！！**

　　我衝進唱片行，像明天耳朵就要聾了的人似的，拼命聽拼命找拼命聽拼命找，然後像個爆發戶似的付錢後衝回家聽。

　　聽了兩個整天 hip hop ……

　　吃 hip hop 喝 hip hop 拉 hip hop 睡 hip hop ；

　　活在 hip hop 中，聽出了我要的節奏與調性；

　　聽了兩個整天 hip hop ……

　　聽到了偏執與狂熱，也聽出了我的主題： high 。

「hip hoop high」。

接著，把HOOP加進來。

怎麼樣的HOOP才夠hip才夠high？

忽然，前幾天我想去刺青的事情跑出來了……

刺青！

太美了！

在手臂上刺上籃框、在前臂上刺上籃球，然後藉由簡單常見的手臂運動來表達hip跟HOOP……手臂伸直時就只是單純的兩個刺青圖案，當手臂開始運動時，就是刺青式的投籃了！

哇！hip hoop high！

前導廣告完成後，主題廣告就要將「內在精神」轉化為「外在行為」了：

炎夏午後，一個打扮「街頭」的大男生，無聊而專注地塗鴉，他畫著許多貌似NBA長人的籃球高手（也許是他心中仰慕的偶像）。

他看著這些人……個個都像是NBA中200公分以上、身材高壯的籃球高手，猙獰著面孔、高舉著雙手在阻擋著……。

突然間，他high了起來，他脫了衣服，開始跟牆上的人物對打……。他對著虛擬的對手叫囂挑釁，肆無忌憚地在這些長人面前灌籃——灌著一個破舊的空招牌，瘋狂地展現他「無人

可擋」的球技……。在他正 high 的時候，一陣午後大雨下來了，雨中的他更 high 到目中無人地掛在籃框上，對那群只被畫了上半身的高人示威，雨越下越大，慢慢地開始沖掉塗鴉人物……大雨沖掉了那些原本就不存在的對手，只剩下被當成籃框的、頹敗的、公賣局招牌與雨中 high 到極點的 hip hooper ……。

當然，歌詞「why do I get high ？」以 hip hop 的樂風在全片迴盪……

嗯！劇情、音樂、歌詞、服裝、行為、角色……一起堆砌出 hip hoop high 。

我變得很 high 。

我跟昨天不一樣。

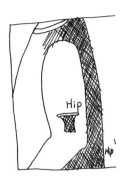

「why do I get high ？」

有事情發生。日子變得不一樣。想法上多了一些另類的角度與厚度。

只要有發生事情，總會或多或少地調整我生命的層次。也許是無意識的，也許是刻意的進行著調整。

重點是：我變得很 high，跟昨天不一樣。

最 high 的當然是見到這兩支廣告片在電視上播出。

播出後第二天早上
十一點左右進公司
開燈開電腦喝咖啡讀文件與信件
一點左右吃午飯

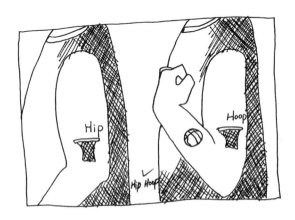

邊吃巧克力邊發想

．．．．．．．．．．．．．．．．．．．．．

播出後第三天早上

十一點左右進公司，跟昨天一樣

開燈開電腦喝咖啡讀文件與信件，跟昨天一樣

一點左右吃午飯，跟昨天一樣

邊吃巧克力邊發想，跟昨天一樣

客戶跟昨天一樣

流程跟昨天一樣

今天跟昨天一樣

沒.有.事.情.發.生.

跟昨天一樣

直到那兩支片子拿下了廣告金像獎

我又 high 了起來

但是我知道

兩天後

我

又

跟昨天一樣。

冷性笑話

廣告公司精采之處，除了創意，大概就是緋聞了。

最容易日久生情的首推加班，此外同事相偕喝咖啡啊，看電影啊，拍片啊……等等，都是讓人「義」亂情「彌」產生緋聞的大好時機。

而像我這種好人家的女兒，當然也是有市場的。

只不過目標消費群弄錯了！

我的一位已婚育有三子的客戶，已經暗示明示好幾次對我有……你知道的！

在我幾次裝聾裝傻裝白痴之後，他竟然以討論品牌為由，要約我吃晚飯喝咖啡。

## 吃晚飯喝咖啡！！！

大條了！怎麼辦？

我首先想到的是，帶業務部三人跟整個 TEAM 一起

去。可是仔細想想，這樣好像會讓客戶下不了台，萬一他不給我們公司做廣告了怎麼辦？我豈不是讓公司丟了大客戶嗎？

可是，我總不能爲國捐軀吧！

國訓：「忠孝節義」與校訓：「禮義廉恥」，開始在我心中凜然升起……

但並沒有什麼作用。

一點啓發性都沒有。

怎麼辦？

這需要大智慧啊！

要處理得雙方都有台階下，以後合作不尷尬才行。

眞奇怪，他都不怕尷尬了，我怎麼比他還怕啊？！

於是我打電話給我最有智慧的死黨 Stone，跟她說明一切並且向她求救。

Stone，依她純樸的個性，聽到這種事當然只是短短地嘲笑我十五分鐘左右便切入重點（她嘲笑的內容不值一提，多半以損我污衊我爲主要訴求，因此全文刪去）。

　　　　Stone ：…………（不值一提，全文刪除）
　　　　我：怎麼辦啊？我已經拒絕過了！
　　　　Stone ：…………（不值一提，全文刪除）

我：我用我很忙加班開會休假出國出差小狗
　　生病爲理由一而再再而三地拒絕過了。

Stone ：…………（不值一提，全文刪除）

我：裝聾裝傻裝白痴都用過了！

Stone ：…………（不值一提，全文刪除）

我：我只差沒說我是男的！

Stone ：…………（不值一提，全文刪除）

我：你跟我從小一起長大你不知道我是男是
　　女啊？

Stone ：…………（不值一提，全文刪除）

我：拜託！我頭髮那麼長！

Stone ：…………（不值一提，全文刪除）

我：你眞的覺得我像男扮女裝？

Stone ：…………（不值一提，全文刪除）

我：你身材才差呢！

Stone ：…………（不值一提，全文刪除）

我：你才國小還沒發育就直接到更年期了！

Stone ：…………（不值一提，全文刪除）

我：哼！也許，他不是看上我的才華！

Stone ：…………（不值一提，全文刪除）

我：他不是盲胞！

Stone ：…………（不值一提，全文刪除）

我：你忌妒我啊！

Stone　：…………（不值一提，全文刪除）

我：你忌妒我有桃花！

Stone　：…………（不值一提，全文刪除）

我：你才有病咧！再見！

這便是我提到的十五分鐘的不值一提的求救電話。

　　但基於從國小四年級打下的友誼基礎，我們又繼續腦力激盪，一起想點子救我了。

　　我：怎麼辦？他說要吃晚飯、喝咖啡。

　　Stone：晚上喝咖啡不好，會睡不著。

　　我：……………（不值一提，全文刪除）

　　Stone：開玩笑的啦！！！！為了你的安全，
　　　　　　最好找光線明亮，人來人往熱鬧的餐
　　　　　　廳。

　　我：幫我想個辦法吧！我不要跟他吃飯！

　　Stone：我建議你們去吃港式飲茶！！！

　　我：我不要跟他吃飯！

　　Stone：港式飲茶，人聲鼎沸，跑堂的走來走
　　　　　　去的，亮晃晃的，鬧哄哄的……

　　我：幫我找藉口！不要找餐廳！

　　Stone：燒賣……蝦餃……叉燒……粉腸……

　　我：幫我點個芥蘭！

　　Stone：好！再來一份芥蘭……

　　我：夠了！

　　Stone：……馬拉糕也不錯！……

　　我：你快幫我想個藉口！

　　Stone：港式飲茶有什麼不好？

我：幫我想藉口！

Stone ：…………就說你是同性戀怎麼樣？

我：別鬧了！

Stone ：…………說你是外星人！

我：直接說我是神經病怎麼樣？

Stone ：對呀怎麼沒想到！你挺像的！

我：我也覺得耶！而且我還發現啊！我寧可
　　跟客戶吃飯也不想跟你講話了！

Stone ：你很幼稚喔！

我：你還大腦缺氧咧！

…………………………………………

Stone ：啊！~~~~ 跟你們老闆說嘛！叫他去
　　　　那家餐廳吃飯，然後「假裝」跟你們
　　　　不期而遇，然後跟你們一起坐下來
　　　　聊，結束後，「假裝」說要送你，這
　　　　樣就可以擺脫客戶了！

我：你果然有大智慧！

Stone ：我知道！

我：OK，沒事了！掛電話了！

Stone ：請我飲茶！

我：你被豬附身啦？

…………………………………………

　　這件事呢，後來因為我出國拍片而逃過一劫。當然啦！計謀也尚未用到。這位客戶後來便調部門了，我們也不會在會議桌上見面了。偶爾，他還是會打來，我呢只要發現手機上出現他的號碼便死都不接。

　　像我這樣有市場的人，為這種以中年危機為藉口的爛人身敗名裂太不值得了！

　　那不叫「醜聞」！叫做笑話！

　　冷性笑話！

SPF 15

SPF 15 是陽光下最好的防曬面具。

防曬與美白與保濕與去角質與滋潤與淡化細紋與………

使你看起來更年輕

在我做廣告一年八個月之後，在我用文字勾引女人哄騙女人一年八個月之後。

我真的不想再保養女人了。

遞了辭呈，準備一個人到美國旅行一個月……

所有的事都很荒謬。

我在想，我因慌亂憂傷過度造成的暈眩，為什麼不能產生像地震那樣大的效應？

而天氣四季都與我無關。

這兩句也不相關，但都存在，卻不相關。

都是廢話都是多餘的念頭。廣告做多了。

今天加班到 00 ： 40 。

　　熬夜是肌膚的大敵，容易老化產生細紋

抽了一包煙祝自己生日快樂。

　　抽煙是肌膚的大敵，會加速細胞老化

香煙與蠟燭都死於燃燒。是死喔！不是老化！
不是火的錯啊都是人爲啊！
深夜 03 ： 00 。
我在陽台邊等待飛機經過眼前。
你遠在維也納。
電話號碼顯示著台北與維也納有 13 個數字的距離。
台北在下雨，落進海裏，也不會流經維也納。
縱使流經維也納也早稀釋得淡薄無味了。
你聽不見台北的雨聲，維也納雪下得太大。
　　我仍站在陽台上。燈很暗，寫信的速度又趕不上我
的念頭。但兩者都用夠快的速度在逼我。

夜裡沒有蝴蝶。我什麼也沒有

夜裡沒有蝴蝶。

我什麼也沒有。

白天，我渴望睡眠一如渴望自由的困獸。

（請大家遠離我！請大家遠離我！讓我安靜地活。）

晚上，我清醒地像待宰的豬，深知命之賤薄，來日卻太多──早知結果卻無意義的賴活。

房間貼著維也納的地圖，我在地圖上沿著維也納河走著，希望能感受到水流的波紋，像以前感覺到我們之間的頻率那樣。我的手指沿著維也納河隨著線條流動在城市間，有種波濤洶湧的翻騰，幾乎讓我滅頂。

# 白天，我渴望睡眠一如渴望自由的困獸。

可是你信中卻說它是條平靜的水。

你的信裡聞不到河流味，字裡行間也找不出氣候，為什麼我卻覺得我在河裡載浮載沉？為什麼我覺得雪落得擾人？

為什麼我總在哀傷與憂鬱間才找得到安定？

這是六月。這是盛夏。

三樓的陽台把我置於一種高緯度的錯覺中……

其實連白晝都冷得令我顫抖。

我把這種低溫當成思想的過度期。

正如你是我人生的過度期。

我是你人生的過度期。

是我糟透了，無力愛你無意愛你卻容許你滲透在我呼吸的空氣裡。

而你像太陽。

你的愛你的笑你的規律你的篤定你的思緒你的溫度你的包圍像太陽。

太陽在台北落下在維也納升起。

台北與維也納有時差。

陽光是肌膚老化的最大因素。

比時間還可怕。

但我正在學保養。

防曬。

美白。

保濕。

去角質。

滋潤。

淡化細紋。

......

......

......

......

......

......

......

......

......

**出太陽吧！**

**我已經學會保養。**

十三月

現在是六月，但我覺得是十二月。

而且是十二月底。

在準備離開我生命中第一家廣告公司的最後一個月裏，我對自己的生命起了極大的厭倦感，好像我未來的日子就只是隨著每一個品牌，每一個案子流轉。

我不再過著一年有 365 天或一年有 12 個月的生活，我對時間長短的感覺，完全以一個案子時間的長短為長短。

一個接一個的 Deadline 成為我的時間刻度。

我還要做廣告嗎？

世界上的其他人類是怎麼過日子的？

應該還有其他人類吧！？

我幾乎快認為世界上只有兩種人了，一種叫廣告人，一種叫客戶。

我需要去發現其他人類。

至少去取得一天有 24 小時的證明！！

因為，經常，客戶的生理時鐘跟廣告公司的中原標準時間是不一樣的。

所以，如果我能算清楚地球自轉的時間，便能去告訴那些不知道「一天」有多長的人們。

我決定飛到美國去。

舊金山比台灣慢十六個小時，紐約比台灣慢十三個小時，亞利桑那介於中間。

國際換日線有時候讓人可以有重頭再來的機會，尤其是那種今天早上飛，吃了三五餐，睡了三五覺，看了三五片之後，還在今天早上到的那種。

你一輩子便可以過兩次同一天。

但我要把同一天過兩次幹嘛？

把這麼多的工作再重做一次嗎？

我打算先飛舊金山，再去亞利桑那，最後去紐約，前後一個月左右。

這些地名都是學生時代的課本裏學來的，對我的人生而言，倒也沒有特別非去不可的理由。

只是想去過過別種日子而已。也許那裡的時間跟我的不一樣。

第一次出國，決定以自助旅行的方式進行。

沒有很興奮，因為有許多人生的疑問都跟著換洗衣物被我一起扔進行李裡面了。

打電話稟告爹娘。

媽說：「有人說你很勇敢呢！可是，我覺得我比較勇敢！因為我讓寶貝女兒第一次出國就一個人獨自出國。」

別擔心！有好多好多問題陪著我呢！

比如說，我還要繼續做廣告嗎？

以及，我還要繼續做廣告嗎？

以及，我還要繼續做廣告嗎？

還有，我還要繼續做廣告嗎？

後來，我發現，當「問題」碰到了「時間」，就不再是「問題」了。或者說，不再是最原始的那個問題了。

沒有永遠的問題，也沒有永遠的答案。

當下的問題才有意義，當下的答案才算答案！

## 在舊金山

逛漁人碼頭……拿了一堆 DM 與印刷精美的宣傳單。常常停在戶外廣告前。

在大街上閒晃……拿了一堆 DM 與印刷精美的宣傳單。常常停在戶外廣告前。

逛 SFMOMA，抱回一大堆書，記了一堆筆記。

逛各種書店，抱回一大堆書，記了一堆筆記。

我在做什麼？

離開廣告圈不到 1/4 個月。

## 在亞利桑那

我站在大峽谷上，我看著在腳底下流過的科羅拉多河——小時候第一次在書上看見這幾個字「科羅拉多河」時的感覺便突然湧現——翻譯得好地質好歷史好波濤洶湧好科羅拉多！

我好喜歡做廣告！

而眼前的科羅拉多河，真的科羅拉多河——好靜態，好遙遠，好學生時代。

我的毛病又犯了！

沒親眼看見它之前，我用假想與推測來體會、來感受，一如親見。

　　站在它面前時，卻用沒見過它之前的感覺來檢視它，而更強烈的感覺竟是手捧著書時，屬於印刷品上的，平面圖像的並且包括捧著書的我在內的那種感覺。

　　導致的後果是：八歲女孩的科羅拉多河和二十三歲女孩的科羅拉多河，不是同一條河。

　　我得了科羅拉多想太多想不全症候群。

　　重點在於：當一個人的人生沒有急迫的大問題發生時，就只能用多愁善感的方式從過往的記憶中找問題來無病呻吟。

　　剛剛我正在這樣做！

　　不做廣告，我好無聊。

　　我承認，因為喜歡柯恩兄弟的《撫養亞利桑那》(Raizing Arizona)那部片子才來亞利桑那，有點好笑！

　　但是至少，當我面對著大峽谷，仙人掌……而開始不斷為它們命名、下標題、想腳本時，我有所領悟。

　　不做廣告，我好無聊。

　　離開廣告圈滿 1/2 個月了！

## 在紐約

　　坐在中央公園的草地上，看書，主要是看書中的各種廣告。

　　走在世界著名廣告公司的大本營 —— 麥迪遜大道上，想著各廣告公司的名字。

　　逛 MOMA ，及許多的博物館激發靈感。

　　在格林威治與蘇活，找到不同的表達方式……

　　看《Cats》，聽見 "if you find there the meaning of what happiness is, then a new life will begin ……"

## 天啊！我好喜歡做廣告。

　　我好想趕快回台灣做廣告。

"if you find there the meaning of what happiness is,

這個月，我所看所思所在乎都是廣告。

自以爲離開廣告圈一個月，其實根本沒離開過。

都在爲回去做廣告而準備。

Deadline 算什麼！

那只是解題作答的時間而已。

日夜顛倒算什麼？

反正另一個半球跟我們一直在日夜顛倒的狀態啊！

在回程的飛機上，我充滿能量地胡思亂想：如果有一天，世界上眞的只有廣告人和客戶這兩種人，我會選擇成爲哪一種人呢？

廣告人。

只要我的每一年都有第十三個月，讓我仔細地反省回顧之前的十二個月。我就選擇當廣告人。

十三月？

在哪裡？

就在一月一日之前。

*then a new life will begin ……"*

感冒的人生啓示

　　正在做感冒藥的廣告時，沒想到我竟如此敬業：我感冒了。頭昏、頭痛、咳嗽、打噴嚏、流鼻水……

　　同事建議我吃顆綜合感冒藥，因爲我什麼症狀都有！

　　綜合感冒藥！綜合感冒藥！

　　爲什麼不叫「什錦感冒藥」或「雜燴感冒藥」呢？

　　雖然是藥品，但是食慾感也很重要啊！

　　如果要強調可以治療多種症狀的話，也可以叫做buffet 感冒藥，或者是 all you can sick 感冒藥……！

　　我又想到了一個很重要的問題：要有幾種症狀才能達到「綜合」的標準呢？

　　萬一綜合感冒藥可以治療十種症狀，而我只有兩種症狀，我有資格吃嗎？

　　我的症狀配得上綜合感冒藥嗎？我配嗎？

同事們忽然不確定我是不是感冒，只確定我：
「SICK」！

太嚴重了，請假兩天。

□

回來後，進辦公室的第一件事就是開電腦看工作單
與郵件⋯⋯

不得了！發現公司的電腦已經不讓我進入了。

打電話（好險電話還准許我使用）給電腦部門求
救。

電腦部門的專業人員通常都備有專業的答案、專業
的態度、專業的流程，來應付我們這種不合電腦標準的
人腦。

不信你聽聽看：

在電話那頭傳來極專業的回答：喂！

私人擁有一個卑微人腦的我：你好！我想請問一下⋯⋯

在電話那頭傳來極專業的回答：嗯哼～

私人擁有一個卑微人腦的我：我的電腦不能進入公司的系

統⋯⋯

在電話那頭傳來極專業的回答：妳有按照正常程序嗎？

私人擁有一個卑微人腦的我：有啊！

在電話那頭傳來極專業的回答：如果你有按照正常程序，
電腦是不可能有問題的。

（他打算結束對話？……有種言盡於此的安靜……）

私人擁有一個卑微人腦的我：我有按照正常程序，但是就
是不能進入公司系統……我
試了好幾次了（爲了取信於
他，我再次保證）……能不
能麻煩你幫我看一下……

在電話那頭傳來極專業的回答：電腦不可能出錯。妳一定
做錯了什麼！

私人擁有一個卑微人腦的我：能不能麻煩你……幫我看一
下……有許多工作需要進入
系統才能進行。

（……又一陣沉默……）

在電話那頭傳來極專業的回答：你很急嗎？

（喔！不！我不急！等反攻大陸以後你再來幫我看一下好
了！拜拜！有空再聯絡！）

私人擁有一個卑微人腦的我：對！我工作要用！

（……又一陣沉默……他在思考了！他在想辦法了！）

在電話那頭傳來極專業的回答：你重新開機試試看！

（好專業的答案！我怎麼沒想到呢？在我重新開機五次之
後，怎麼沒想到呢？）

私人擁有一個卑微人腦的我：你……是電腦部門的嗎？

（也許我打錯部門了！）

在電話那頭傳來極專業的回答：是啊！
私人擁有一個卑微人腦的我：我只是想確定一下我沒
　　　　　　　　　有找錯部門！沒有……

　　在他證明了在生物圈中電腦比人腦高等的同時，我
開始對我的卑微人腦感到不滿，它竟然無法使另一個人
花 15 秒時間移動到我的辦公室來檢查我的電腦。
　　感冒藥的廣告策略單在電腦中，如果我進不去就無
法叫出來看。
　　怎麼辦？
　　哇咧 @#$%^@&%^$ ！ *^
　　我決定自己去電腦部門一趟，看到誰就抓誰來搞好
我的電腦！
　　我看著錶算了一下時間，從我的辦公室到電腦部門
共 5 秒！當然，情緒激昂使腳步加快了不少！

我像一陣風一樣掃進去……

沒有人抬頭看我。

整個部門安靜而……安靜。

他們都專注地在面前的螢幕上。

忽然，有一種嫻靜和緩的優雅教養籠罩著我的全身。

我輕手輕腳地小心翼翼地不驚動任何塵埃地走近他們。他們是那麼地專注在工作上：眼睛閃著一種精準的充滿鬥志的逼人光采，雙手忙碌著敲打鍵盤……

我輕輕地走過去，輕聲地說：「對不起！我……」

「啊～～你想嚇死人哪！」

剛才跟我通過電話的、專注在電腦螢幕的、忙碌的電腦工程師，突然從座位上跳起來，驚魂未定的盯著我咆哮著！

我看著他的電腦並且恢復正常音調說：「對不起打擾你玩 game 又害你死掉我的電腦有問題現在有沒有空過來看一下？！」

接著我和他用正常的速度花了 10 秒走回我的辦公室（我比較快啦！約莫 8 秒）。

他先重新開機，然後口中念念有詞，然後叫出一些我看不懂的畫面，然後輸入一些我看不懂的東西，然後再重新開機，然後眼睛毫不斜視地看著螢幕以專業的語調跟我說：「奇怪耶！一定是哪裡出問題了！」

我聽到洗清冤屈的歡呼聲：「你真的沒有做錯什麼！你獲判無罪！無罪開釋！」

難掩早知「我是清白的」那種激動，我說：現在怎麼辦？我要看策略單！

　　他以一貫的專業態度說：「你很急嗎？」

　　不急！真的！感冒藥的廣告而已嘛！感冒是濾過性病毒造成的，吃藥也頂多祇能減輕各種感冒症狀而已，不吃也死不了人哪！！

黑子等白子

　　我老闆法蘭克先生一定是見我聰明伶俐悟性高，才教我下圍棋的。

　　決不是因為我們整個組都閒得發霉。

　　雖然他已經開始對著整個 team 唸廣欽老和尚的《嘉言錄》，而我也一頭栽進手塚治蟲的世界中。

　　此外，有人開始天天 shopping，有人在紫微與塔羅牌與星座間尋找工作與愛情的神諭……

　　由於大家都有許多「業餘時間」，所以當有同事被「算出」一定會掛掉而終日惶惶時，大家都願意花上宛如販賣大創意給客戶的熱情去安慰他，直到他相信我們每個人遲早有一天都會掛掉……

　　每個人都在廣告淡季中顯露出個性中最惰性或隨性的一面。

　　但我必定是聰明伶俐悟性高才得以學圍棋！

　　第一件學到的事情是：黑子先下。

　　所以我先下囉！因爲我拿黑子嘛！

　　但這跟我個人對顏色的偏好無關。

　　按規矩，棋力差的人持黑子。何況是像我這種只懂分辨出黑子白子的人。

　　第二件學到的是：圍棋的目的是要佔領地盤，而不是提取對方的棋子。

　　第三第四第五第六……都不太記得了。

　　反正是會下了，可以稱爲初學者了。

　　因爲我可以看得懂《圍棋入門》啦、《初級手筋》啦、《圍地法》啦……這些圍棋叢書了。

　　於是，手塚治蟲被林海峰、杉內雅南、武宮正樹、九藤正夫……等圍棋大師給幹掉了！

　　即使是怪醫黑傑克、三眼神童、寶馬王子……也救不了他。

　　我開始每天找老闆下棋，把從書上看來的新招式用到他身上，當然，在他面前我那些手法或手段都只是雕蟲小技罷了，別說贏他了，不被他「嘲笑」或「指點一番」都很難！

　　但至少是懂了一樣原來不懂的遊戲，很刺激很費腦子的遊戲。

　　我甚至覺得世界只要有黑白兩色就夠了！

　　我開始把每個人跟我的相對位置以棋盤座標的方式暗自標示。

　　後來發現，以我這種孤僻的性格來看，大家都是白子，只有我是黑子，便覺得這種假想棋子沒意思，便乖乖回到棋盤上了。

　　沉迷在黑白分明的世界一段時間之後，發現到：黑白兩子在格狀棋盤上構成的世界竟如此豐富多變但又如此簡單。

　　而且看得懂的人跟看不懂的人在面對棋子時的想法差異大得可怕。

　　我就像是報紙廣告中常用的：使用前／使用後，手術前／手術後……的那個真人實證。

　　在行為上：

**使用前**　每每看見有人在下圍棋，我像個第一
　　　次上市場買菜的人，偶爾靠近菜攤，也只是
　　　用眼神遠遠的瀏覽一下，茫然且毫無焦點可
　　　言，便往下一攤去……

**使用後**　下圍棋的人變成了得道的高僧，而我
　　　則像個剛剃度的小沙彌，不斷想扔下手上的

掃帚整天跟著師父學佛；但又不太敢靠近，
因為深知自己一知半解，怕被抓上去一問，
便因為無知而使師父失望……

在心態上呢：

**使用前**　覺得它一定很深奧但很無聊。
**使用後**　哇！從只著眼在自己眼前那幾條線組
　　成的格子，到開始「節約棋子」到懂得「征
　　子」，到知道「死」「活」……（當然啦！知
　　道的還只是皮毛而已），重要的是，在看事
　　情上變得跟看棋盤一樣：不再著眼在自己這
　　一塊上，開始懂得抬.起.頭.看，看「前面」
　　一點，看「大」一點，縱橫都看。

不要只看一顆棋子。不要小看一顆棋子。
棋子不是重點只是工具。
（有點像狗撒尿佔地盤）

□

　　那年春節，回家第一件事就是找出記憶中的藏在書
櫃下的黑白子們。

「爸，你會下圍棋嗎？」

「嘿！什麼話？」

「那你跟我下一盤吧！」

「你小心喔！」

看得出來，老爸高興得不得了，長大的女兒竟然找他下圍棋呢！

我爸跟我老闆下法完全不一樣，我爸簡直是興致勃勃地展現他老謀深算的一面。

把我當成跟他打十三張老麻將的那群朋友－－殺得我灰頭土臉。

「爸！你這種下法沒有教育意義！」

「自己下得不好，要想辦法啊！」

「你這樣會傷害我的學習意願和自尊心啦！」

「不要囉唆！黑子下！」

「爸！」

「下一盤綏子，好吧？四顆喔！」

綏子就是在開始下棋之前，先在棋盤上擺好兩顆以上的黑子以平衡棋力。

「好吧！」

我爸智商高達一百三十多，再加上他對於這類傷腦筋的遊戲特別在行，我還是灰頭土臉。

但爸可是高興得容光煥發呢！

在我以親子教育與兒童心理學的暗示與明示之下，終於，他在下手之前，都會先指點我一番。

但是，但是，但是，他身為軍人的無私天性與蛙人隊隊長的嚴格紀律，仍促使他不斷地大義滅親。

當然，我也以忠孝難兩全，使我不得不移孝做忠的口頭聲明不斷地做垂死的掙扎。

…………（提子囉！）……（等一下啦！）……（提子囉！）……（等一下啦！）………………（提子囉！）……（等一下啦！）……（提子囉！）………（等一下啦！）……

我們父女進行著極具哲學義涵的溝通……

我爸不斷在這縱橫各十九條線的棋盤上開發新戰場教我落子……

□

也許是因為我聰明伶俐悟性高，使他高興地提議明天早上帶我去活動中心看人下棋。

當然好。看我偷學幾招來大義滅親！

星期日早上九點多，活動中心有許多退伍老兵在廝

殺！爸帶著我走進去，穿梭在好多圍棋戰區中，看著他們在進行著大小不同的戰役。

他們一看到我爸便打著招呼：「老長官早啊！今天怎麼帶大小姐來啊？」

我爸高興地說：「她在學圍棋，帶她來見識一下！」

我覺得我爸是帶寶貝女兒來「現」一下！

這些叔叔伯伯都和藹地衝著我說：「老長官圍棋下得好啊！咱不敢跟他下啊！跟他下都輸得很慘哪！」

我爸笑得很高興，走近看他們的棋，然後笑著說了幾句，一個正在傷腦筋的白髮老伯伯聽了便大叫著：我怎沒看出來！

我爸轉頭小聲跟我說：「跟妳一樣的毛病！仔細看！在旁邊兒看別人下，自己的毛病看得最清楚！」

於是，我便在許多黑白戰場邊遊走觀戰，每每回頭找他，便**看見他站在人群中衝著我笑**……………………………………………

整個早上，我和爸便在許多的棋戰中以打游擊的方式進行親子戶外教學活動……

那年的新年假期，除了年三十晚上全家上牌桌打麻將之外，大年初一、初二、初三……我都找爸下圍棋，那種感覺有點像剛入江湖想學高深武功的毛頭小子遇到

了高人後，不斷不自量力地死纏爛打，只想多學幾招去江湖上招搖一番。

　　春節結束後回公司上班，第一件事當然是找老闆下棋……

　　後來因為工作越來越忙，棋就少下了。

　　沒多久，我的老闆跳槽到別家公司去了，我也就沒再下圍棋了。

□

　　棋盤仍放在公司，那十九乘十九的線條上，只有我下的那顆黑子。

　　白子不落，我第二顆也下不成。

　　心裡很感謝法蘭克，若不是他拉著我下圍棋，我跟我老爸就不會有那麼特別的一段記憶。

　　現在，黑子只能，就這麼等著……

第一次奇異果憂鬱

　　陶子穿著一件素色Ｔ恤，外面罩著一件寬鬆的繪滿棕櫚樹的短袖襯衫當外套，穿著短褲的腳高翹在桌上，專注地看著手上的紙張，氣定神閒地像在渡假。

　　我攤在椅子上，雙手用十指不斷按壓著整腦袋，把腦袋當成地球儀尋找疼痛的地點，企圖用手指的力量加以殲滅。

　　陶子對我說了一些話，我聽不清楚。

　　我抬頭看她，她有點模糊。

　　她發現我沒聽清楚，又再對我說。

　　我嗡嗡作響的腦袋聽不見她的聲音，我努力聽著，隨著她的嘴型我腦子裡飄進幾個像被門縫壓扁的中文字型：「……蘋果……蘋果……蘋果……」

　　蘋果？

　　我更努力地聽，壓扁的中文字再度飄進我眼前：「⋯⋯香蕉⋯⋯香蕉⋯⋯香蕉⋯⋯」

　　我頭痛得要死，香蕉！

　　我全身無力，香蕉啊！我有一種無奈的無力的墜落在進行著⋯⋯我快沉下去了⋯⋯香蕉啊救我。

　　我努力回答陶子：「是香蕉嗎？」

　　香蕉上面有東西！是另一組變形的中文字體疊在香蕉上，我看不清楚⋯⋯字體越來越扁⋯⋯是葡萄柚⋯⋯

　　葡萄柚啊？

　　葡萄柚啊？

　　葡萄柚啊？

　　陶子像一張沒套準的打樣，走向我。

　　另一堆字在我眼前擠眉弄眼，哈！華康特粗黑⋯⋯可是⋯是什麼字⋯⋯我看不出來⋯⋯讓我看清楚⋯⋯？

　　陶子在我旁邊坐下⋯⋯她拍著我的肩：「還好吧！」她遞給我面紙。

　　我擦著止不住的眼淚，哽咽地說：奇異果？

　　陶子放下計算機與各類水果營養成分表安慰著我。

我淚如雨下

我好痛苦

不關奇異果的事

　　奇異果第一次進入台灣市場的奇異果要找廣告代理商。我們這個 team 被抓來比稿。

　　我的 partner 陶子研究著廣告策略，而我在滅頂邊緣與策略單中間掙扎，載浮載沉地左右飄蕩，兩邊都不能完全得到我，就像我不能只抓住一邊然後上岸一樣。

　　我在沮喪中試圖與陶子對話，她並不知道我發生了什麼事，她不像其他人會因好奇而非關心一直問我原因，真好，因為我也不知道給什麼答案！

　　當發神經吧！

　　當創意人在多愁善感吧！

　　陶子擔心地看著我，我還在傷心！很好！我已經哭了快一個小時了！

　　她手上的紙張上爬著歪斜的字跡，我瘋了嗎？所有的中文字都怎麼了？

　　我伸手去摸那些字，陶子笑著說：我從小寫字就這麼歪！

　　沒錯！看來我瘋了！

　　陶子的眼睛閃著安定與聰慧，她問我現在要不要討論想法？

　　她丟了一塊浮木給我，想轉移我的注意力，

　　在海中快溺斃的我緊抓著。

一百克奇異果含有的鈣質除以每一百克的
XX 水果含有的鈣質；
每一百克奇異果含有的纖維質除以每一百克
的○○水果含有的纖維質；
每一百克奇異果含有的維他命 C 除以每一百
克的 YY 水果含有的維他命 C

我看著陶子運用從國小學來的初級除法得到的結
果：

奇異果的鈣質是香蕉的 4 倍
奇異果的纖維質是葡萄柚的 2.5 倍
奇異果的維他命 C 是蘋果的 17 倍
奇異果是極具豐富性的水果。

我的人生內容物含量也很豐富：

每一百公克所含的憂鬱是一般人的 4 倍以上
每一百公克所含的不安是一般人的 2.5 倍以上
每一百公克所含的孤僻是一般人的 17 倍以上
...............................................

不知道從什麼時候開始，我的憂鬱含量開始像注射
了生長激素似的急速增加。

□

在比稿的那段時間，我陷入深度憂鬱之中。

老實說，我也不知道是不是該歸類到「憂鬱」這種狀態。

痛苦、沮喪、無力、痛哭、哀傷、流淚、痛哭、咬緊牙關、蜷縮、痛哭、想逃走……

有時候，我必須拼命用力。

用力握緊拳頭、用力咬著牙……全身都在用力。

體內有很強大的力量需要消耗。

一定要用.盡.全.力.消耗。

包括我的頭髮、頭皮、太陽穴、臉、全身皮膚……

不能放鬆，只要稍稍放鬆，就覺得極端痛苦。

我的手指關節發白，手背上的青筋一根一根的浮突出來，血管變的好粗，雙手看起來很猙獰……

用力啊！

只有拼命用力我才會覺得舒服。

我用力握緊拳頭，用力到兩隻手臂都發麻，用力到我的肩膀不斷發抖。

好.舒.服.

我上下牙齒緊咬著……牙齦好痛，但還是得緊緊咬著。

我的兩頰發麻，但還是得緊緊咬著。

也.許.並.不.是.體內有很強大的力量需要消耗。

而是體內有很強大的怪物需要被擠壓出來。

爲了把它擠壓出來，我擠壓著自己。

我變形了。

變得不像我了。

到底是什麼在我的體內？

我好痛苦。

「妳還好吧？」

陶子看著我問著。

我急速地點著頭，感覺到自己是用皺著眉且扭曲的臉回答她。

「離我遠一點！」我在心裏對陶子說。

我不能讓她發現我的處境。

我要保護我體內的……怪物或力量或隨便什麼……

離我遠一點！

我要悄悄地把它毀掉，我不會讓它佔據我！

我不能讓任何人發現，我好痛苦。

「……如果它的某些成分含量比其他水果都多，它的特色就太明顯了……」

陶子像個陽光下長成的奇異果似的雀躍著說：

是啊！特色太明顯了！

誰會不注意它呢？誰會不被它吸引呢？

「奇異果的鈣質是香蕉的 4 倍。

奇異果的纖維質是葡萄柚的 2.5 倍。

奇異果的維他命 C 是蘋果的 17 倍……」

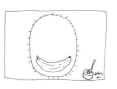

啊！你的某些成分竟比其他同類多出這麼多倍！

只記得那天是星期五。

不記得那天是怎麼回家的！

我鞋也沒脫，坐在租來的房間裡哭，傷心欲絕，痛不欲生……

皮膚底層透出的痛苦讓我疲於應付，我緊抱著自

己，但又被自己給隔離著，我必須握緊拳頭，直到指節發白也不能鬆手，但不鬆手又無法緊抱著自己……我的感覺只有一種無法言喻的痛苦。

　　用力啊用力啊但是我再用力也不能掙脫痛苦是我的皮膚啊……。

　　就這樣……我就一直這樣僵持著不讓步……

　　不知道經過了多久，不知道是早上或是晚上，時間對我沒有意義，只要能救回我自己只要能不被扭曲不被壓扁……

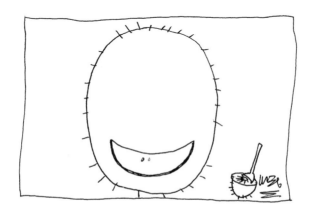

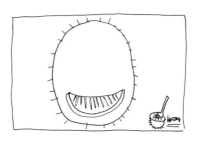

……不被扭曲不被壓扁……。

…………………………………………………

睜開眼睛是星期日中午，陽光透過窗直射在我臉上，好累！但心底閃過「過去了」的感覺。

好像斷斷續續的有電話聲響過，不記得了！

好像上一次醒著是很久之前的事

周圍離我很遠

我也離我很遠

我看見天空

我看見藍色

我在慢慢靠近我

那不是早上醒來的感覺

那是回來的感覺！

我被放逐到邊界，然後走在萬劫不復的臨界點上

無所謂戰鬥，只有掙扎

無所謂反擊，只有不妥協

步履蹣跚才到家

回來的感覺真好！

答錄機上燈動閃著……米粒大的紅燈閃在我眼裡，有種燈火通明的亮度：4。

陶子打來的，高雄家裡打來的，還有大學死黨玩笑式的咒罵……

他們的聲音把我迅速帶回人間。

我聽著留言一一回話，跟陶子約時間進公司加班，被死黨嘲笑我過期的回答，被媽媽擔心地唸叨幾句……

□

復活的我跟陶子搞出幾個腳本，我看著香蕉們，蘋果們，葡萄柚們，它們有的含有比較多的鈣，有的含有比較多的纖維質，有的含有比較多的維他命 C ……不論含量中什麼比較多，都使它們變成獨特的水果。

這種說法也許很好笑！

但很實際。

不是嗎？

不論含量中什麼比較多！

不論含量中什麼比較多。

我們拿到奇異果了。

靠

妳知道月經的形成原因嗎？

妳月經多久來一次？

妳最近使用什麼品牌的衛生棉？

妳為什麼選擇該品牌衛生棉？

妳會固定買同一品牌的衛生棉嗎？

妳會同時使用不同品牌的衛生棉嗎？

妳會在生理期間因量多量少而使用不同功能的

　衛生棉嗎？

妳對衛生棉的要求是什麼？

影響妳買衛生棉的最主要原因是？

　1. 價格； 2. 功能； 3. 廣告； 4. 朋友推薦；

　5. 其他 ＿＿＿＿＿＿＿＿＿

　.........................................

　.........................................

我在看有關衛生棉的消費者調查報告。

日用型、加長型、夜安型、不側漏、不回滲、量多型、量少型……只有單一特點或功能，已經不能滿足女人的需求了。

事實上，光是經歷那幾天：前期、量多期、結束期，就必須選用好幾種不同功能的衛生棉呢！

當我正在以女性的角度思考什麼樣的衛生棉比較能成爲現代女人靠得住的親密伴侶時，我接到 Emma 的電話。

「喂！我要結婚了。」

「妳要結婚了？」

「對！我要結婚了！」

透氣是相當重要的功能。如果現在要我選衛生棉的話。

「妳爲什麼突然要結婚？」我覺得我好像在問一個女性她爲什麼要用衛生棉。

「時候到了啊！」女生變女人的青春期到了。

可是，我們女人連對衛生棉都不能從一而終啊！

「什麼『時候』到了？」我覺得我好像在問一個成人女性她月經來了沒？

「覺得時機成熟啦！」卵巢和子宮都成熟了！

說恭喜！說恭喜！說恭喜！我的禮貌與教養在暗示我。

「妳確定是他？」

（妳最近使用什麼品牌的衛生棉？）

「確定啊！」

「妳有沒有想過結婚的意義？」

（妳知道月經的形成原因嗎？）

「當然有啊！」

「妳要一輩子跟他在一起耶？」

（妳會固定買同一品牌的衛生棉嗎？）

「嗯～～目前是非常肯定的！」

「妳覺得婚姻是什麼？」

（妳對衛生棉的要求是什麼？）

「有個依靠啊！……」

「妳怎麼確定他是妳的依靠呢？」

　　（妳為什麼選擇該品牌衛生棉？）

「感覺對了啊！」

快說恭喜！快說恭喜！快說恭喜！我的禮貌與教養在暗
示我。

「所以，妳會死心蹋地的這輩子只愛他？」

　　（妳會同時使用不同品牌的衛生棉嗎？）

「我……是吧！」

「為什麼妳能確定就是他呢？」

　　（影響妳買衛生棉的最主要原因是？　1.價格 2.功能
　　3.廣告 4.朋友推薦 5.其他 ＿＿＿＿＿）

「……妳到底想說什麼？」

快說恭喜！

「沒有啦！我只是想說……妳很勇敢……敢結婚。」

「妳想太多了啦！結婚很平常啊！全世界的人都在結
婚哪！」

「是嗎？」

「結婚最糟還能怎樣？不過是離婚啊！」

「是嗎？」

「離婚很平常啊！全世界的人都在離婚哪！」

「恭喜妳！」

「提到離婚妳才說恭喜！」

「沒有啦！突然覺得婚姻有點像月經！」

「月經？」

「就某種觀點而言……對啊！」

　　女人都該有月經，有「月經」這種經驗的才叫女
人。月經讓你不方便不自由，有時候經痛會讓妳痛不欲
生。但是就醫學觀點而言，有月經才正常。

「那老公是衛生棉囉？」

「也許婚姻本身是衛生棉？」

「那月經是誰？我？」

「嗯～月經……就是月經。」

「……妳現在……在做衛生棉的廣告對不對？」

「妳怎麼知道？」

「我很高興妳沒有做什麼殺蟑螂啊、滅鼠藥啊……之
類的廣告。」

「喔～嘿嘿嘿……恭喜妳啦！祝你們白頭偕老、永浴愛河啦！」

「白頭偕老？永浴愛河？真聳！妳在做洗髮精廣告還是沐浴乳廣告？」

「真的啦！恭喜妳啦！找到能相愛又能相處的不容易啊！」

「接受妳的恭喜！我要去通知其他人了！拜啦！」

關於衛生棉，除了基本功能之外，我覺得透氣最重要。

關於結婚，我覺得……

□

我覺得，我比婚姻重要。

請不要誤會，以為我成長在一個父母婚姻不美滿、女性地位低下、兩性關係緊張的悲慘家庭裡。其實剛好相反，我家幸福美滿又安康。

我遠在國小五、六年級就決定不結婚了。因為我太喜歡我家，所以不能接受嫁人以後除夕夜都得要待在男方家裡的這個傳統。

我也從來沒有貶低婚姻這件事。我只是基於對自己

的了解，認爲自己不適合婚姻。我喜歡獨處，從小就喜歡。然後，我害怕承諾。而且，我超要自由。這些個性，在婚姻制度裡都很容易連累別人。我的單身主義也許很自我，甚至很自私，但至少不會傷害別人。也算是做功德吧！

　　這世上結婚的人那麼多，不差我一個。

　　單身生活最棒的是，我的人生、我的夢想隨時可以改變。對我來說，人生的階段是用夢想來劃分，而不是用單身或結婚來劃分的。

　　而且我相信，人生下來就是單獨的個體，依賴別人是絕對解決不了問題的。不管那個人多麼「靠」得住。

　　關於結婚，我覺得……
　　關於衛生棉，我覺得……

如果能活得像狗

「甜食會造成膽固醇過高，甜言蜜語也會造成膽固醇過高！」

「甜食與甜言蜜語都有可能致人於死！」

同事拿著剛發下來的健康檢查報告書開始互相開玩笑……

尤其是我：我的體重過輕，膽固醇過高。

原因是我酷愛甜食，尤其是巧克力，尤其是ＱＱ糖，尤其是鮮奶油，尤其是冰淇淋。

我被冠上「糖嗜症」。

「我不能再吃了～～～」是我聽到業務人員轉達這個消息時的第一個反應：

「ＸＸＸ零食要辦促銷活動，要做電視廣告。」

光聽到食物的名稱，血液中的膽固醇指數當場攀升。

「集三個包裝…抽獎……送郵輪三天兩夜……」

零食類的促銷活動很有意思，有時候送的東西會讓你不知道跟零食本身有什麼關聯。

「喔！我才喝了兩罐豆漿就去歐洲十天！老天爺你對我太好了，我怕我不配！」

但最有意思的是：突然間，這段時間，不論你吃零食、買冷氣、結婚、喝飲料、逛百貨公司……都有機會參加抽獎去坐郵輪。

幾百名乘客在船上交談如下：

「你為什麼想來郵輪？」

「我吃了 2 包 XXX 餅乾就來了！那你呢？」

「我也是吃 XXX 餅乾，但我吃了 20 包！」

「XXX 餅乾？我是買了一打 DDD 面紙……喂！靠著欄杆的那位老先生你呢？」

「我上個月來郵輪是因為 AAA 果汁，這次是因為 BBB 衛生棉一人中獎兩人成行」

「你們算什麼！我已經一個半月沒下船了！」另一個憤世嫉俗的青少年咆哮著。

一邊研究著讓我膽固醇過高的零食策略單文字，一邊為膽固醇過高煩惱。

　　我除了需要戒除甜食與甜言蜜語之外，還應該開始運動呢！

　　這時候，以前合作過的某運動品牌打電話給我，問我有沒有興趣幫他們做一個山徑漫跑的廣告。

　　我需要運動不是嗎？

## 當然好！

□

　　山徑漫跑有別於其他的慢跑運動，它的核心概念是「自由」。

　　隨便你怎麼跑，在哪裡跑，穿什麼跑，跑多久，跑多遠，又跑又跳可快可慢……

　　沒有規則，沒有規範，像一種自由創作型的慢跑運動。

　　拋開人類的運動規則。

　　完全不辜負身為動物而非植物的優勢與特權與本能。

　　老虎啊！獅子啊！豹啊！熊啊！不知道有沒有膽固醇過高的問題？

　　我轉頭看著照片中的她——結實的肌肉，優美的線

條，還有那雙我無法抗拒的眼神，眞誠、深情、聰明，意氣風發的她，不可一世地讓一身黑亮的毛在風中飛揚──我的黑色柴犬，毛小咪。

她肯定沒有膽固醇過高的問題。

她沒有壓力，經常到戶外走走，飲食定時定量，不吃甜食，睡眠充足，樂觀進取，自由自在……。

無懷氏之民虞？葛天氏之民虞？

毛小咪活得像個人。

而且還是個活得相當好的人！

比我活得還「人」！

　　毛小咪！妳這個被包養的、作威作福的、不事生產的 bitch ！！！！

　　妳也應該多少分擔一點我們的家計吧！

　　我只能搖搖頭繼續累得像條狗——別的狗！

　　我想，毛小咪一定心裡得意，外表裝無辜地在搖著尾巴吧！

　　沒空哀怨自己活得不如毛小咪，我埋頭在山徑漫跑裏。

　　山徑漫跑這個提案通過的是：連翻兩頁的跨頁廣告，第一頁的標題是：不自由，讓人想跑。畫面是在都市叢林中的狹窄巷道間迎面衝出的狗；第二頁的標題是：自由，讓人想跑就跑。畫面是山林間年輕人自由隨性的跑跳。

　　我看著第一頁的畫面：在都市叢林中的狹窄巷道間迎面衝出的狗。

　　衝出的狗！

　　狗！

　　狗！

　　狗！

我狂笑！

毛小咪啊毛小咪！是該妳賺錢養家的時候了！

而且……而且……我忍不住狂笑！

妳一定沒想到我要妳去演狗吧！

而且要妳演流浪狗！

我的 partner 陶子看著毛小咪直搖頭。

「毛小咪是富貴狗啊！毛色油亮肥滋滋的，哪像流浪狗啊？」

我像個星媽一樣的討好磋商：「妳是說她需要減肥？」

陶子毫不留情的說：「她跑得動嗎？要來回跑喔！她看起來嬌滴滴的，她肯嗎？不要耍大牌喔！再說，她這麼快樂，這麼無憂無慮，完全沒有**對.自.由.的.飢.渴.啊**！」

　　毛小咪因爲不像狗而失去了她的第一份工作。

　　我只好再度扛起我和她的家計。

　　我繼續爲鼓勵大家吃 XX 零食而努力，同時爲鼓勵大家在山徑漫跑而不遺餘力。

　　這樣一來，大家的膽固醇都不會過高。

　　而且大家都會盡情地吃喝玩樂，並且活得像狗一樣自由。

　　只是，每當夜深人靜，思考著天地萬物與人的尊嚴時，我還是會因爲活得比不上毛小咪那隻狗而自怨自艾著。

法老王們不下決定

十三月症侯群又發作了。

坐在計程車裏，在昏昏欲睡的下午兩點，我們正在去客戶辦公室提案的路上……

業務部新進的同事開始非常好心地找話題提神。

　　Carol：你做這個外國客戶很久了嗎？

　　我：做不久！……嗯！我是說沒做多久！

　　Carol：那你覺得做這個客戶最好玩的部分是什麼？

　　我：沒有工作進來的那部分。

　　Carol：那你覺得這個客戶是好的客戶嗎？

　　我：不算爛掉，算好的吧。

　　Carol：那你覺得這個客戶好不好做啊？

　　我：不知道。都不用做！都用國外的東西。

　　Carol：那你覺得外國客戶知道我們本地消費者的真正
　　　　　需要嗎？

我：我不知道他們知不知道他們不知道。我只知道他
　　們不知道。

Carol：那你覺得做這個客戶最快樂的時候是什麼時
　　　候？

我：坐在計程車上，從公司出發到客戶辦公室之間的
　　這段時候。

Carol：那你覺得…………？

我：你有沒有帶車錢？我沒帶錢。

Carol：那你覺得……？


　　我覺得，非離開這一年的慣常作息與生活流程不
可。

　　我覺得，非離開這輛計程車不可。

　　去哪裡呢？

　　計程車經過一個立體茶包的戶外廣告看板……

　　立體茶包，很像金字塔。

　　金字塔在埃及。

　　打電話給整日在長庚醫院打造七級浮屠的 Stone：
「Stone 啊！要不要去埃及？」

　　「埃～～及？好啊！好啊！什麼時候？我要趕快請
假！」

「兩個禮拜後出發！」

「好啊！好啊！」

啓稟爸媽，我要去埃及。

埃～～及？埃及很亂，有恐怖份子，有傳染病，有掃射觀光客的事件，有……

有金字塔。

爸媽深知我是攔不住的，因爲我總是說我寧可玩到死，也不要工作到死！

□

我開始找資料研究路線與行程、聯絡旅行社、訂機票、訂飯店……展開埃及自助行。

第一晚我要住開羅的 MINA ，因爲開羅會議就是在這兒開的。

第二晚之後，直到去路克索之前，我的飯店都一定要能看到金字塔。

在路克索，我要住在尼羅河旁，面對帝王谷。

反正都要睡在墳墓邊或看著墳墓睡就對了！

要飛到非洲呢！光用想的，就興奮得不得了。

我們是清晨到的，四點進入 MINA ，櫃檯非常驕傲

的好像在執行開羅協定那樣，堅持要十點才能 check in，我和 Stone 兩人便坐在大廳等天亮。

　　我們倆實在太興奮了，第一天到埃及就能看到埃及的日出呢！

　　當晨霧漸漸散去，當天色漸亮，飯店旁的椰子樹的輪廓就被日光勾勒出來了。

　　「你看！！！」

　　Stone 指著窗外巨大的金字塔叫著。

天啊！太感動了！金字塔活生生的在面前呢！（活生生？）

我們像解開了世紀大謎團一樣地叫著、讚美著。

Stone 說：「真希望每天的飯店窗外都能看到金字塔！」

我得意地說：「放心吧！我早就提出這個要求了！」

於是兩個人像幸福的書呆子一樣，一邊高興得不得了，一邊還不忘衝著對方炫耀有關埃及與金字塔的歷史與知識。

這是我們小學老師教出來的好習慣：多看書、多學知識。

只是她萬萬沒想到，我們這一狗票同學熱愛讀書的目的，最後會轉變為跟同學「耀武揚威」的工具呢！

我和 Stone 繼續 check 彼此的歷史、地理、宗教……等知識。

最後她使出狠招：《尼羅河女兒》。

可惡！我沒看過這套漫畫。

1：0

我落後了。

但是，我的小學同學，因為我訂的飯店都能看到金字塔而寬宏大量的表示平手。

　　後來，我們才知道：在開羅，金字塔滿地都是。如果你想住一家看不到金字塔的飯店還比較困難呢！

　　埃及是一個觀光工業國，大部分的人都很熱情，遇到的幾個埃及人竟然都至少會說兩三國語言，其中有一個店老闆所學的第一外國語是日文，第二外國語才是英文，所以當他看見我們兩個東方女子時，竟興奮的不斷地說日語，好像日文才是他思念已久無人可說的母語似的。

　　我們用英文告訴他我們不是日本人是從台灣來的，他竟然用懷疑的眼光看著我們，然後用英文道歉：「可愛的日本女孩啊！是不是我的日文太爛了，你們才不肯跟我講日文？」

　　我們急忙用英文安慰他：「不不不！是我們的日文太爛了！」

　　當他終於相信我們是台灣來的，是屬於講中文的那群人時，他便許下承諾：「下次你們來開羅找我，我一定會學好中文跟你們聊天！」

　　我們聽了也好高興的答應了，因為我們將讓這世界上又多了一個講中文的人呢！為此我們也大方的許下承諾：「因為中文很難，所以我們保證一定會給你充裕的

時間學，我們一定會很久很久很久以後再來找你！」

　　開羅的街頭巷弄都很有意思，地毯、手工藝品、紙莎草紙畫……不管看到什麼，我們都感覺很新奇而且很快樂。

　　還有他們喝茶的方式：用不到十五公分高的透明玻璃杯（很像公家機關送的那種，只差沒印上官員的名字啊賀詞啊有的沒的……那些紅字）喝滾燙的紅茶，還送一碟薄荷葉，可以扔進紅茶中加味！

　　三十七、八度的高溫喝熱紅茶！真特別！難怪要加涼涼的薄荷。

　　除了各式各樣的遺跡與博物館，重頭戲當然是去最大的那三座金字塔區。

　　所有的旅遊書與歷史文獻都把金字塔的外型結構或淵源講述的一清二楚，但是當你真的頂著烈日站在鬆軟的沙漠中向它們走去時，你才會有所感覺。

　　我說不出來，你得自己來一趟。

　　也許，選擇在燠熱的八月份在家看 Discovery 頻道，並且不開冷氣，是一種不錯的方式。

　　但有些東西是很細節的感動，是需要「接觸」的。

　　只有在「當地」才有意義。

　　假期的後半段面對的是整座墳墓山──帝王谷。

在烈日中我們不斷進墳墓出墳墓進墳墓出墳墓⋯⋯

在進出墳墓兩天後，我們決定找一天不出門，就在飯店的陽台上隔著尼羅河跟帝王谷對望。

早上看著星辰落下，太陽升起，駱駝拉的車與觀光警察的警車在尼羅河畔交錯而過，河上的郵輪，還有散落在河面上的傳統草筏以不同的速度經過眼前⋯⋯

小販出來了，觀光客出來了⋯⋯

這是埃及的三百六十五之一天。

下午六點，星辰開始升起，太陽落下，帝王谷像用金黃色勾邊一樣的美。

露天演奏西洋音樂的樂團出來了。

現代與古代都出來了。

外地與當地都到這裡來了。

### 不知道法老王們怎麼想？

死亡變成國家重要收入，歷代君王被公開展示，神殿不再有神居住，只有絡繹不絕的觀光客比埃及人更經常出入⋯⋯。

誰管法老王怎麼想！

誰活在這兒誰就有權利決定！

　　半個月的行程即將結束時，我去了一趟開羅大學。這所國際大學，有各色各樣的人種，最特別的是篤信回教的女學生，她們從頭到腳包得緊緊的，即使是臉也看不見。

　　我跟 Stone 說想留下來唸考古，她很贊成地說：「好啊！你也蒙著臉上學，考不好別人也不知道你是誰。」

　　我一聽大為振奮，便跟她商量：「不如我們一起留下來唸書，我們可以輪流上課呢！」

　　於是，我們回台灣後就去語言中心學了三個月的阿拉伯文。

　　怎麼會有這麼難的語言？

　　後來，當然沒有去開羅大學唸書。

　　但是，當我遇上某些「不活在當地」卻愛為當地做出錯誤可笑決定的客戶時，我便會送他某幾句阿拉伯文。

在販賣肉品時成為素食者

四月初，台北已經熱得快熟了，空氣厚重混濁停滯不動，每個人都像被保鮮膜給封住了似的，悶悶地冒著熱氣；額上身上流著的汗，像解凍化冰似地向皮膚外頭滲著。

這種時候，只有辦公大樓的冷氣，才能讓人維持新鮮，不至發酸；有趣的是，辦公室的冷氣，往往低溫到使每個人都得披上一件外套禦寒。

披著毛衣，喝著熱咖啡，我埋首在某個品牌的火腿廣告中，思考著如何傳達出：「讓肉更有味道」。

「……以山胡桃木燃燒成熟透的煙。燻出色澤，燻入風味……」

看著客戶提供的煙燻培根製作過程，我下筆描述著肉類燻製過程，希望以文字增加味覺與視覺的想像，促進食慾感。

這些極度高溫的燻肉過程，在炎炎四月天中，不斷在我腦海中重播，熟悉的程度到達我幾乎可以在新鮮的空氣中清楚地聞到肉的香味；甚至，在午餐的一塊清蒸的白色肉片上，我也可以看見煙燻的咖啡系色澤與層次。

一想到這支片子在拍攝前，要先選出紋路色澤漂亮的肉，就覺得「為生豬肉試鏡」以挑選出外表出眾的豬肉演員，來演出「秀色可餐的熟豬肉」，很好笑。

不知道為什麼，每想到這兒，我就忍不住覺得好笑：

「要挑演技好的生豬肉喔！」

「不！不要那位生豬肉，它不上鏡頭。」

「那位生豬肉太僵硬，能不能多表達出一點情緒啊！」

「那位生豬肉在鏡頭前看起來太胖了！」

「最大的挑戰是從年輕演到老！那位生豬肉能勝任嗎？」

「另外找個熟豬肉當替身吧！」

還有煙燻用的爐子也很重要。

整個爐子的造型要符合年代與當地風格，尤其是爐

門與爐口特別重要，有時候周邊的陳設對了，就能襯托出主角的出色。

爐口要夠大，才能把整片燻肉拿出來，但又不能太大，否則顯得燻肉過小。

爐門與爐口要能完全閉合，防止煙味洩出，影響燻肉的純厚風味……

我第一次如此鉅細靡遺地看爐門爐口，我想像著燻肉進出爐門的情況，我想像爐門邊透出的火光，暗示出的高溫；當然，可想而知，那塊肉將被燻得多有味道啊！

接下來，裝燻肉的容器。

盤子或砧板？想一想！

如果是砧板，要木質的，木頭的質感要好，紋路簡單不要繁複，色澤以襯托肉的食慾感爲主，因爲肉才是主角，砧板只是容器，不能搶鏡頭……諸如此類的製作燻肉的細節與流程，我都得一一思考過。

就在開拍前那個星期六早上，我接到了高雄家中的電話。

我爸過世了。


辦公室冷斃了。

我立刻搭飛機趕回家。

不相信這件事會發生，我爸不可能會⋯⋯死？不可能的！這件事跟他永遠扯不上關係的！他總是會在的。他總是會在的。就像我總是能在覺得孤單或沮喪或歡喜時**看見他站在人群中衝著我笑**⋯⋯

他是在睡夢中過世的，他是在睡夢中過世的，他是在睡夢中過世的⋯⋯

　　每個人都像在傳頌什麼似的跟我說著：他是在睡夢中過世的⋯⋯

　　彷彿這是醫師開出的，最合理的死亡原因。

　　「你爸好福氣哪！」

　　「無憂無慮地走是修來的啊！」

　　「人生哪！不就求個好死嗎？」

　　他生前交代過要火葬。

　　什麼叫火葬？

　　這是個我從來沒有深入想過的問題。

　　當我想清楚，火葬，就是要把爸爸燒掉時，我都愣了。

　　捨不得嗎？不是！

　　是 **不 可 以**！

　　燒我爸爸！

　　天哪！

　　儘管「天哪！」我還是得做！

　　這才叫「天哪！」

　　爸爸躺在殯儀館中。

　　四月二十四日冷斃了。

□

　　舅舅們陪著我辦所有的喪事。

　　他們要我挑選棺木：挑木頭、挑紋路、挑裝飾、挑顏色……

　　他們要我挑壽衣：中式或西式？若選西式，挑哪一套西裝？配什麼色的襯衫？配哪一條領帶？……？

　　他們要我挑靈堂樣式：有三種價位，根據場地大小與黃菊花數目多寡而不同……。

　　他們要我挑骨灰罈：大理石的或是……？什麼樣的紋路？深色或淺色……

　　他們要我挑：…………．

　　　　如果是砧板，要木質的，木頭的質感要好，紋
　　　　路簡單不要繁複，色澤以襯托肉的食慾感為
　　　　主，因為肉才是主角，砧板只是容器，不能搶
　　　　鏡頭。

　　大姑姑怕我承受不了，就先給我講解火化和撿骨。

　　「火葬前一天，你爸爸啊！會先從冰櫃中推出來退冰，現在天氣熱，半天就可以了，然後給他洗澡，換上新的內衣褲啊！穿上你給他挑的西裝啊！

「然後你跟弟弟要去看他小殮，他衣服有沒有皺啊！領口領帶有沒有歪啊？

「……接著是大殮，他躺著的姿勢，要替他弄舒服啊……」

我不發一語專心聽著。

「……火葬場溫度很高……你們要先祭拜，然後送你爸爸進爐……

「爸爸的棺木啊送進爐裡去後，要按點火鈕……

「別擔心，有火葬工人幫你們按下點火鈕，誰忍心按下哪個鈕呢？

「……大概有七百度的高溫吧……接下來就等著幫爸爸撿骨……

「當然難過……好好一個人就剩下這麼一點白骨灰燼……撿骨的時候要注意……」

我聽得斷斷續續，只覺得全身被火燒得很痛很痛很燙很燙。

「……火化後推出的盤子很燙，你自己小心，不要被燙傷了……」

我只覺得全身被火燒得很痛很痛很燙很燙。

爸爸出殯前一天，徹夜大雨。五月，夜裡頭冷得得蓋上被子！

而隔日早晨，竟是個鳥語花香，空氣清新透徹的好天氣。

一滴淚也不肯掉的我，仔細地爲爸爸辦所有的事，仔細地小殮大殮，仔細地磕頭答禮，……彷彿所有的孝道，都能在每一次磕頭答禮中盡完……

進了火葬場，空氣厚重混濁停滯不動，來送葬的每個人都像被保鮮膜給封住了似的，悶悶地冒著熱氣：額上身上流著的汗，像解凍化冰似地向皮膚外頭滲著。

爸爸在第八號火化爐口外進行法事，我抬起頭看著第八號爐。

> 整個爐子的造型要符合年代與當地風格，尤其是爐門與爐口特別重要，有時候周邊的陳設對了，就能襯托出主角的出色。

爸爸在佛經聲中被送入火化爐中，爐門關上的那一個時刻，那扇門闔向爐口的動作，突然整個地放慢再放慢，我看見棺木緩緩滑進爐中，我看見爐內翻紅的光慢慢地翻騰緩緩地跳躍……然後整個畫面被門遮住，成為一片黑暗。

> 爐口要夠大，才能把整片燻肉拿出來，但又不
> 能太大，否則顯得燻肉過小。
> 爐門與爐口要能完全閉合，防止煙味洩出，影
> 響燻肉的純厚風味……

四周很安靜。而且，室內的冷氣總是開太強了。

舅舅們強帶著我和弟弟去休息吃午飯，待會兒要撿
骨。

午餐一定要吃。吃什麼？排骨飯？雞肉飯？牛肉
麵？…………

> 這些極度高溫的燻肉過程，不斷在我腦海中重
> 播，熟悉的程度到達我幾乎可以在新鮮的空氣
> 中，清楚地聞到肉的香味；甚至在午餐的一塊清
> 蒸的白色肉片上，我也可以看見煙燻的咖啡系色
> 澤與層次……。

「午餐想吃什麼？」舅舅輕聲地問我。

我看著牆上的菜單，唸不出任何一個認得的字。

於是，當我為某品牌肉品作廣告的時候，我成為素
食者。

只想成為陌生人

　　從這一家廣告公司跳槽到另一家廣告公司，有點像旅行，但更像移民。

　　不僅是細軟收乾淨，有時候還要因公司的所在地而調整租房子的地點。

　　當然，最重要是國籍的放棄，重新入他國國籍，並且宣示效忠，遵守新國家的法律，認同新國家的信念，對外堅持自己的國家是最棒的國家，並且換上新的識別個人的 CI 或證件或顏色……

　　比如說，前一陣子你會拿著白色檔案夾，穿白色背心，拿白色鉛筆……過一陣子，你突然拿著藍綠色檔案夾，穿藍綠色背心，拿藍綠色鉛筆，印著藍綠色字跡的名片……再過一陣子，你又拿著紅色檔案夾，穿紅色背心，拿紅色鉛筆，印著紅色字跡的名片……

　　這些都是公司發放的，不知情的人還會以為你對流

行有高度的偏執呢！

　　最有趣的是，有時候你還會再使用回你以前用過的顏色，當然是因為你又回到原來那家公司去了！

　　正如同時尚界所說的，顏色又流行回來了！

　　說了這麼多，當然是因為此時的我正要去另一家廣告公司上班。

　　（我忽然發現，對於色彩挺有主見的我，在考慮公司時忘了把顏色列入參考。）

　　換公司是我最快樂的時候。我是指從這一家離開到另一家上班之前的中間時段。

　　第一，我可以好好利用那個時間去休息去玩樂，去什麼也不幹。

　　第二，有工作在等著，不用擔心信用卡的債務還不出來。

　　手上有兩個月呢！

　　我決定先去南美洲一趟，包括巴西、祕魯、波利維亞、智利、阿根廷……

　　並不是為了看看 Discovery 頻道拍的亞馬遜河是否恰如其分，或是「Lonely Planet」的節目是否真的如此lonely。

而是想……玩！

就當作短期移民南美洲吧！

移民要做什麼準備嗎？

上次換公司，過個馬路就到了！家也沒搬，放在公司的個人細軟還是每天送一點到新公司，直到「移民」日期生效，才搬完呢！

這次呢？要收拾的東西可多了！也許是因爲待在這兒的年份多了點。

1. 作品的收集：電視廣告拷貝成一捲，平面廣告收集完整。這些是之所以辛苦工作的目的，也是曾經待過這兒的證據。

2. 桌上的擺設品：能送給舊同事做紀念的就全送出去，雖然其中有很多是以前的同事臨走前送的。但這好像是離職的人的慣性動作，把桌上擺的，牆上貼的，天花板上掛的，一一託付給留下來的同事。有時候還會「他鄉遇故知」在另一家廣告公司遇到久別的「雜物或什物或者是要不是有自己名字還認不出來的怪東西。」

3. 要參加歡送的飯局或 KTV：由於個性孤僻又不

喜歡公共場所的吵雜，通常我都不到場，我只是
提供我的名字，作為公司歡送離職人員的報帳名
義。這是我對同事們最後的貢獻：讓他們免費玩
個過癮。

4. 重而無當，棄之可惜的獎座。

5. 外套一件，鞋子兩雙，一雙是加班時深夜換穿的
輕軟拖鞋；另一雙是某天中午吃飯時衝動買下還
沒穿過的新鞋。

6. 組合式音響和幾十片 CD 。

7. 六、七十本書。

8. 兩棵植物。

9. 一大堆可以直接丟進紙箱中帶走，並且在新公司
可能也不會想到或用到，但又不宜直接丟到垃圾
桶的東西。

10. 還不知道是什麼，但一定會有的長物。

11. 不確定是什麼，要等到進了新公司才發現沒帶的
東西。

好險！去南美洲玩沒那麼麻煩！

1. 帶厚毛衣、厚長褲、厚外套等冬季衣物：為了智
利、阿根廷、祕魯。

2.帶涼快的，透氣的夏季衣物：爲了巴西。

3. 帶長袖襯衫這類的春秋衣物：爲了智利、阿根廷的中午以及巴西的清晨。

黃昏四季都帶齊就對了！

我發現每到一個新地方，感覺就變得特別敏銳，也許是好奇，也許是不安全感。

但所有的細微處都因此而被放大，使人能在最短時間內吸收最多資訊，並且思考到許多從未想過的事情。

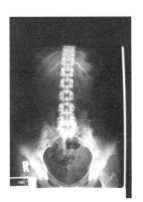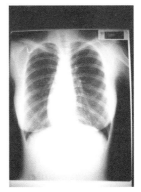

當然更不用說還有許多新的衝擊或刺激了。

人都清醒了。

這也許正是旅行的真諦。

換個新環境工作也許也有著同樣的作用吧！

很怕同一個地方待久了便懶散了，便視而不見了，便習慣用一種特定的格式想事情，用固定的思考流程找答案！

寧願到陌生的世界當陌生人，去了解，去知覺，去學習。

感受到世界的豐富，而我也能跟著豐富起來。


在全球最高的機場降落。不會有人歡呼。

因為缺氧。

每個人都張大了嘴，都在為多吸入一點氧氣而努力。沒有人說話，除非呼救。

在伸入南極的國家中，聽不懂熱帶笑話。

在全球最大流域的亞馬遜河上，人類只是鱷魚或食人魚可食的物種之一。

在熱帶雨林中，物種只是人類認識世界的一種簡單分類法而已。

　　我喜歡在陌生的環境中，讓彼此成為彼此的陌生，讓彼此提供新的現象加入彼此的經驗檔案中。

　　在陌生的環境中，熟悉的字眼全變得栩栩如生：

　　「啊！救命啊！」

　　啊！

　　救命啊！

　　「這能吃嗎？看起來好噁心！」

　　這－能－吃－嗎？

　　看－起－來－好－噁－心！

　　於是，對於「啊」「救命」「吃」「噁心」的定義與感覺，硬是比其他人多了一些看法。

　　對自己也多了一些看法。

　　在阿根廷當自由快樂的陌生人，在智利當自由快樂的陌生人，在巴西當自由快樂的陌生人，在波利維亞當自由快樂的陌生人，在祕魯當自由快樂的陌生人……在飛回台灣的客機上當自由快樂的陌生人。

　　回來後便要去另一家公司當陌生人了。


　　不是移民，只是旅行。

加鹽或不加鹽

所謂的好消息或壞消息，該如何定義？

當然，好與壞，其實是「比較」出來的。

舉個例子來說明：

「奇異果的廣告得到台灣第一座坎城廣告獎，同時也得到芝加哥廣告獎首獎。」

因為是第一座，因為是有跟沒有的差別，所以是好消息。而且是嚴重的好消息。

就像癌症末期那樣「嚴重」。

 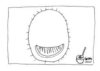 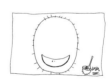

　　再舉另一個例子：「女性籃球廣告得到紐約廣告獎」
因為不是台灣第一次得到，所以算是輕度好消息。

　　就像……得到肝炎，但是只是第一期而已的輕度。

　　至於壞消息，也舉個例子吧！

　　「打開健康檢查報告：有尿蛋白。疑似腎病症候群。以後
食物要盡量不含鹽分。」

　　這個是個壞消息，壞的程度就像……就像你得到……當
然是腎病症候群！還用再舉例嗎？

　　所以，當三個得獎消息與一個得病消息同時進入我的生
命中時，真的是五味雜陳哪！錯了！四味而已！因為不能有
鹹味！

　　於是，酸、甜、苦、辣、鹹中的鹹必須消失在我的味覺
中，直到沒有尿蛋白。

　　我原來以為是這樣。

　　沒.想.到.突.然.間.「酸」、「苦」、「辣」一起急速加重了口味。

　　蓋過了「甜」。

□

　　我的外籍主管竟然對外宣稱得獎的作品是他做的！

　　可笑的是，送出國參賽的時候，他甚至還沒來台灣呢！

　　我和 partner 陶子過關斬將的作品，被外籍主管給「公然搶劫」了！

　　於是「辣」味開始在我生命的味覺中成為主要調味料，嗆得我……喉嚨痛到說不出話來！

　　真毒辣！

　　也許是第一次嚐到的關係。也許是從來沒想到辣的味道是如此「辣」。

　　但是，當我們公司也站在外籍主管那一邊時，「酸」味開始上升，而且是從心中無限擴張……

　　這叫做心酸！

　　當我們想到這是台灣第一次拿下的光榮，當我們想到這是台灣人展現創意能力的作品，當我們想到以上的

努力被「別人」掠奪時，尤其是新上任主管以「新上任需要成績」爲理由掠奪時——

　　……就是覺得「苦」。

　　好苦好苦！

## 好苦好苦！

　　苦到……「苦」這個字都不足以形容。

　　創意工作的辛苦！不苦！

　　煎熬與堅持的苦悶！不苦！

　　可是視之如命的創意被掠奪、否定……

　　這叫 **侮　辱**！

　　這叫做 **壞　消　息**。

　　我生命中的酸甜苦辣鹹——五種豐富的滋味，突然間完全走味。

　　在該享受一道前所未有的盛宴時，生命像一道難以下嚥的剩菜擺在我面前。

　　不吃就餓死！

　　真想把那盤剩菜砸到他臉上！

　　反正他不要臉嘛！應該不會介意！

　　幼稚啊！齷齪啊！竟有這種想法！

我是說那傢伙！別想錯了！

跟陶子走出辦公室頂著太陽去吃午飯，兩個人都覺得很無力！

「吃什麼？」

「隨便！」

「隨便啊？去吃屎怎麼樣？」

「妳還沒吃夠啊？」

「我是怕妳沒吃夠！」

兩個人有氣無力的走進巷子裏，看到第一家切仔麵就覺得再走不動了！

「吃？」

「吃！」

沒冷氣的路邊攤熱烘烘的，不斷保持滾水狀態的鍋爐使我們拼命擦著臉上的汗。像在擦淚。

牆上褪成粉紅色的菜單用毛筆寫著：

　米粉 湯 / 乾

　麵　 湯 / 乾

　各式魯菜

　現切小菜

燙青菜

蛋花湯

貢丸湯

…………

　　老闆娘懶洋洋地愛理不理地招呼我們：「吃什麼？」

　　陶子點了乾麵、蛋花湯、一盤魯菜。

　　我看了半天，邊擦著汗邊說：「乾米粉、燙青菜、蛋花湯，都不要加鹽巴。」

　　老闆娘大概以為聽錯了，忽然精神一振，睜大眼睛非常有力地問我：「不加鹽巴？」

　　「對！不加鹽巴！通通不加鹽巴！」

　　「那沒有味道喔！很難吃喔！」老闆娘還是不太相信。

　　「她有病啦！不能吃鹽！」陶子跳出來解釋。

　　老闆娘這才喔喔喔地邊搖頭邊離開。

　　「妳知道嗎？不加鹽巴的英文是 un*salt*ed，侮辱的英文是 in*salt*，都跟鹽有關！」

　　陶子盯著我看了好一會兒……，說：「侮辱的英文是 in*sul*t。跟鹽巴沒有關係！你侮辱了鹽，你當然沒資格吃鹽。」

　　嗯～～我對不起鹽巴！

　　陶子又追殺我一句：「雖然妳剛剛也被侮辱過了！」

　　對！所以我不能再被侮辱！

　　於是，我和陶子，從帶有革命情感的鬥士，變成無招架之力的流亡者。

　　於是，我們投奔到另一家公司去了！

# 我體內的兩個女子

　　從今年一月起，我的月經以雙周刊的形式定期出現。

　　現在是七月初，已經來了第 13 期了。

　　好像有兩個女人在我體內。

　　她們分租我的腦下垂體。

　　她們兩個各自遵循著 28 天一次的週期，互不侵犯地過日子。

　　難道我得為她們花雙倍的衛生棉錢？而且得花到更年期！

　　更──年──期

　　想到這三個字，就想到前一陣子幫某品牌做的止痛藥廣告：

　　「提醒女生不要強忍經痛而要想辦法與月經和平共處，因為生理期會跟著你直到更年期。」

其中，更年期這三個字被衛檢單位刪掉，原因如下：

「更年期這三個字怎麼可以講？多－嗯－心啊！更－年－期耶！不雅的字眼不准用！」

一群男性審查員就以上述理由不准全天下的女性有更年期！

如果他們知道我一個月來兩次，我很可能會被判妨害風化呢！

身為兩個女人的我，在彼此互相安慰打氣，並肯定對方的存在的情況下，不再因為更年期的權利被剝奪而難過。

□

剛好這時候某咖啡要做一系列的平面廣告，我便恢復興致快樂地繼續在別的案子上努力了。

這個品牌的咖啡，在它的現代感中帶著濃厚的法國人文古典氣息，所以我想為它做的概念是：一個旅人到了當地後，遇到也曾經造訪當地的十八、十九世紀的經典人物，當然貫穿全場的氛圍將是該藝術家的著名作品。

如何表現身處現代的旅人在咖啡館中的場景，又同

時表現過往時光的藝術家的狀態，又讓他們相遇在經典作品中呢？

如何「同步」是個挑戰！

因為聽起來像三篇各自表述的文字。

我在給自己找麻煩。

乖乖寫一篇正常的文字不就好了。

現在，我得先根據五種不同口味的產品特色來決定要用哪些人物，然後再決定用哪一篇作品。

光是人物就能把人搞瘋掉，因為我要他們符合幾項要求：到過巴黎、旅人、最好不是法國人、作品的特色與厚度不要相似……

這時候，我.非.常.高.興.我.的.體.內.有.兩.個.女.人.

她們各做各的。

一個經營現代旅人的觀點與場景，另一個大量檢閱人文藝術家與作品；然後她們交換心得，給彼此意見。

但是，女人嘛！難免鬥嘴難免愛比較！再加上這兩個女人天性好強，彼此不服氣又愛挑剔，也夠難搞的了！

我有時候得以屋主的角色跳出來安撫她們：該放掉就放掉，該堅持的即使有困難也要堅持。

這部分比較累人。

來看看經過她們嚴苛的觀點與門檻所構成的入圍名單吧：

蕭邦——離別曲

西蒙波娃——第二性

雪萊——西風頌

達文西——蒙娜麗莎的微笑……

我和她們兩個以公平公開公正的原則，以起立投票的方式一致通過。

接下來的工作可複雜了！外表看不出來，內在如火如荼地進行，而且有血有汗有淚。

嘿嘿！有**血**！

經前症候群一個月兩次，她發完大小姐脾氣之後，就換她發大小姐脾氣，然後再換她發大小姐脾氣，然後再換她發大小姐脾氣……

這兩個女的把我煩死了！

真想把她們逐出家門！

對！叫她們滾！全部給我滾！

我把子宮像拆違建一樣拿掉看妳們怎麼辦！

煩死了！

她們兩個氣呼呼地開始**各寫各的**。

終於！

隔天（我知道她們在夜深人靜的時刻各自努力著），她們交出草稿，我開始在電腦上一個鍵一個鍵的整理。

她們兩個在我動手整理的時候，展開了一段前所未有的非常具建設性的對話……

她說：「我處理現代旅人的部分應該先出場！」

她回答：「但我們的文字如果各自獨立，就沒有同步之下的時光交錯感，而時空的轉換正是旅行的核心啊！」

怎麼辦？

她們密談了一陣子達成共識了：

「單數行的文字都是現代旅人的觀點與場景

雙數行的文字都是古代人物與作品的呈現

所以，當你只閱讀單數行時，它自成一篇文案

當你只閱讀雙數行時，它也自成一篇文案

但是當你順著一二三四……行閱讀時

它將成為第三篇文案

而且你會發現：旅人與藝術家藉著作品

跨越時空相遇在咖啡館中……」

她們兩人發出歡呼聲！

她們開始就各自的部分展開修辭，因為除了可以跳行讀之外，順行讀時的語氣與用字尤其是轉折處也必須能一氣呵成。

她們兩個人口中念念有詞地忙碌著，而我享受到前所未有的平靜與活力。

完成後，必須經過對方核准與再修飾的來回審查過程……

「當然順著唸，不成問題，問題是誰會知道可以單數行唸，也可以雙數行唸呢？」

月經沒來的那個提出了這個問題。

一陣沉默，月經來的那個詭異地笑了：

「可以單數行用粗體字，雙數行用細體字啊！」

她們兩個高興地笑了：各自表述，卻合而為一呢！

由於這種文案寫法是前所未有的創新，再加上讀者反應很好，她們兩個便聯手脅迫我一定要把創作者：也就是她們兩個，公諸於世，她們異想天開的認為，也許會有人賞識她們的才華而為她們出書呢！

這叫做「經前經後經期妄想症」。

但我還是在她們惡毒的脅迫下寫了這篇文章，因為，如果我不這麼做的話……

她們就要再找第三個女子來分享我的腦下垂體。

我看到了

台北拼了命的下雨。

我剛從巴黎拍片回來，巴黎也在下雨，我痛恨下雨，所到之處都在下雨……

想去找太陽，可是手上正忙著為新上市的綠茶發想廣告。

那是個有意思的片子：

珍妮佛陳，你有沒有看到 XXX ？

尼可拉斯吳，你有沒有看到 XXX ？

蘿蔔張，你有沒有看到 XXX ？

………………………………………

沒看到！沒看到！沒看到！……

妳有沒有看到太陽？沒看到！看到！沒看到！

　　片子一敲定，發給導演後，我便迫不及待地安排四天休假，打算擺脫台北近乎刻薄的雨天，爲心情找點情緒性的陽光，好繼續在陰霾的現實生活中度日。

　　去日本吧！氣象報告說：東京啊！箱根啊！八幡田啊！都是晴朗涼爽的好天氣呢！

　　我和平子兩個哈日（當然是指太陽）分子就這麼出發了。

□

　　對我和平子而言，這是個難得的假期，在出國前爲了擠出這個時段，我們壓縮所有時間處理掉手上的事情，所以，當我們坐在日亞航的飛機上時，簡直像是兩具掏空骨架的肉體，癱在座位上。

　　那天晚上，我們住在新宿的一間商務旅館 STAR HOTEL，它在新宿車站西口出去約莫走三分鐘左右，平子手上拿著從網路上印下來的附照片的簡介圖站在路口對照著⋯⋯喔！新宿竟然下起毛毛雨。

　　又在下雨又在下雨又在下雨！

　　簡介上的照片是三幢非常高挑現代的大樓，在四周比它矮多了的建築物襯托之下，非常醒目，應該不難找才對。

　　沒錯，好找極了！我們所住的 STAR HOTEL 就在這
三幢大樓的正對面，並藏身在兩幢比它高一倍的樓中
間。

　　我和平子大笑，覺得 STAR HOTEL 眞是太聰明了，
第一，它從沒說它長得如此窈窕時髦；第二，找一個窈
窕時髦的外貌比找一個矮胖的外貌令人愉快而有意願多
了。

　　我們搭著窄小到僅容一人的電扶梯，把行李擠著運
上二樓的 Lobby 去 check in。大廳相當昏暗，兩個沒什麼
表情的男人站在櫃檯後面辦理接待。昏暗的大廳還有兩
三組人，看起來也跟我們一樣是外國來的自助旅行者。

　　房間在五樓 529，那是一個轉角的房間，它剛好是
通往各走道的中樞點。開了房門，便覺得很擠，走道很
窄，正對著門的是一扇狹長的窗戶，在未開燈前那是整
個房間唯一的光線來源，但由於它拉上了一層典型的白
色薄紗窗簾，所以透進房間的光線就更少了，光線隨著
白紗窗簾的鏤空圖案灑在床邊與地毯上，猛然一看還以
爲趴了個什麼奇怪的東西在那裡呢！

　　開燈後，發現房裡只有一盞昏暗的燈，它在兩張床
的中間。床比一般標準單人床還窄一點，一張床緊貼浴
室的牆，隔著床頭櫃是另一張床，但在另一張床的另一

側與牆之間卻有一塊跟床一樣長，約莫 50 公分左右寬的狹長形的空間，在這麼擠的環境中顯得奇怪而浪費；兩張床腳正對著長長窄窄的電視桌，緊貼著桌子的牆面上有一大片鏡子，像在監視著兩張床。

我開玩笑跟平子說，設計者的概念一定是：別讓他們住得太舒服。

我們把行李放在一進門的走道上，便決定立刻出去吃飯。

新宿在下雨，晚間六點多正是下班時刻，大批日本人匆忙來去，大家都精準的知道要往哪裡去，一步也不停留一步也不遲疑。

只有我和平子撐著傘漫無目的地，左右張望地，茫然地走在雨中。

這種茫然地無焦點地張望，讓我不由得想歡呼：哇！這就是渡假的感覺。

因為是渡假，雖然皮膚感受到寒意，毛細孔可都是以享受的心情張開呢！

以一種豪奢的茫然神態走了一會兒，我和平子決定去吃燒烤。

我們點了今日特選和牛、綜合蔬菜、冷麵及一壺熱騰騰的清酒。

　　清酒非常棒，入口之後暖烘烘地用香味及甜味燙著味蕾，讓兩個疲憊的人高興地傻笑著。

　　平子不斷稱讚和牛的肉質，平子所用的字眼恐怕會讓和牛以爲它們是世界上唯一的牛。

　　我吃素，對於新鮮蔬菜的要求極高，再加上我和平子席間不斷開著蔬菜的玩笑，因此，相較於平子對牛隻如此熱烈的評價，日式蔬菜可能會覺得有點受冷落吧！

　　「多吃點小黃瓜，小黃瓜對你很好！」

　　「那你對小黃瓜好不好？」

　　「秋葵對你也很好！」

　　「那你對秋葵好不好？」

　　「梅子對人很好！」

　　「人對梅子好不好？」

　　……………………………………………………

　　一人一壺清酒之後，我們把話題轉向冷麵。

　　「冷麵好棒！」

　　「我也好棒！」

　　……………………………………

　　在瘋言瘋語間飽餐一頓之後，我們在雨中閒晃回旅

館。傘面上輕緩的雨聲配上被密集的細雨絲模糊化的霓虹街景，使陌生感完全等同於幸福感。

由於實在是累斃了，梳洗之後，才十點多就各自上床睡了。

平子一上床就睡著了。

我則是翻來覆去地怎麼睡都睡不好。

前兩天我不過才睡了三、四個小時，我其實極度需要睡眠。

也許是床太軟吧！我怎麼也睡不安穩。

我決定趴著睡睡看。

我全身重量都面向著床平攤著⋯⋯

**忽然，我聽見彈簧震動的聲音。**

那是我床下的彈簧發出來的，已經睡不著的我，此時完全清醒。

我仔細聽著，發現那僅僅是某一圈彈簧發出來的。

非常清楚，只有一圈彈簧。也就是說，雖然我平貼著床靜靜躺著不動，卻震動了一圈彈簧。

沒錯，彈簧聲跟我的心跳恰如其分地共鳴著。

它竟是因為我的心跳而產生的。

可能嗎？

在我心臟下方的彈簧被我心臟的跳動給震動了。心跳的力量竟有這麼強大？那圈彈簧也太敏感了吧！

我趴著聽了好一會兒，決定恢復平常的睡法：仰躺。

但這床對我而言實在太軟了，我才翻過身便覺得睡得很辛苦。

也就是這個時候，我全身都不能動了。那就是大部分的人都遇到過的，所謂的夢魘；也叫做鬼壓床。

我很緊張。在一個陌生的旅館中遇到這種事比在學校宿舍遇到還恐怖幾千幾萬倍。

我努力睜開眼睛，但一如大家所熟知的：眼皮變得極度沉重，用盡全身力氣也只能睜開一點點，看出去的影像都非常模糊，就像被壓扁而且褪色的畫面。我試圖叫醒平子，但嘴巴張不開，連掙扎的聲音也發不出來。

整個身體四肢像被水泥凝結著，我努力叫著：平子！平子！救我啊……雖然我以為嘴巴在動，但根本沒有發出任何聲音。

我努力睜開眼睛（其實是努力不讓眼睛閉上），我瞄到平子沉睡在床上，我一面努力叫著她的名字，一面試圖伸出右手來想搖醒她……

這時候我感覺到，我全身被凝結住的方式並不是全

身被凝結成一塊，而是被凝結成很多塊：軀體是一塊、
頭是一塊、左右手各是一塊……。

　　發現到這件事之後，我終於能慢慢舉起右手伸向平
子了。但我仍然叫不出聲音，沒關係，我就快碰到平子
的手臂了。

　　我看見我的手慢慢地慢慢地碰到了平子，我正要使
盡力量抓住她的手臂時，眼睛的餘光掃到一個人影。

　　平子的床腳站了一個人。

　　一個女人。

　　嚇了一跳的我，眼睛完全睜開了。

　　我縮回我的手（我能動了！），心想：怎麼會有人
在我們房間裡？

　　我躺在床上看著那個女人（此時眼睛想閉起來裝
睡，還閉不起來呢！）：很長的直髮，快到腰際；看不
清長相，被旁分垂下的頭髮遮住了；穿著鮮豔的衣服，
上下不同色。若不是她突然出現，認真說來，一點也不
會嚇到人。

　　她站著直直的緊盯著熟睡的平子看，我緊盯著她。

　　她沒有什麼舉動，就是盯著平子看。

　　我盯著她看，同時在想：難道她不知道我已經醒了嗎？

　　正在我轉念之間，忽然發現，我的床腳側邊也站了一個女人。

　　她比較矮，留著耳下肩上的短髮。

　　她們兩個應該是一起來的吧！我想。

　　她看著平子床腳的那個女人，她們兩個都沒說話。

　　我心想：天啊！是我瘋了還是她們瘋了？總不會是我們走錯房間吧？

　　我看著她們兩個，心裏想著：要不要讓她們知道我看見她們了！然後把她們嚇走！

　　可是她們又是怎麼進來的呢？

　　我的眼睛盯著平子腳邊的長髮女人不放，怕她有所舉動。

　　她忽然抬起頭看向我。

　　我也正盯著她。

　　於是我們四目相對。

　　四目相對。

　　四目相對。很久很久很久……

　　我們就這麼直楞楞地毫不掩飾地凝視著對方的眼睛。

　　我的角色似乎應該大聲呼叫或叱喝。

　　但我沒開口。

　　她也沒開口。

　　當然不是語言的問題，我是說我並不是因為不會說日語而不開口，她當然也不會是因為考慮我的國籍而不開口！

　　實在是因為這個時刻，這種對峙，她和我之間的距離與不容更動的相關位置，使我們都像被凍結在同一個瞬間中，沒有下一個舉動，沒有其他行為，也不容語言或文字的干擾！其實是……擠不進來，氣氛夠詭異了，連尷尬與錯愕都嫌多餘啊！

　　但即使四目相交這麼久，我還是沒看見她的長相。

　　她忽然轉頭看向我床腳的短髮女子，我也極其自然地順著她的目光看向短髮女子。

　　短髮女子與我四目交接。

　　她只輕看我一眼，就轉向長髮女子。

　　長髮女子與她對看一眼之後就再度轉向我。

　　我們再度四目交接。

　　那一剎那，我發現我能清楚地知道她在想什麼。

　　她的想法對我而言就像寫在臉上一樣地明白。

　　她跟短髮女子都知道「我」看見她們了。

## 是的！我看見她們了！

這不是廢話嗎？不然呢？

長髮女子看著我，眼睛告訴我：「妳看見我們了！我們知道妳看見我們了！」

然後她們兩個就在我與長髮女子的凝視之間不見了。

不見了。

那種「不見」就像是妳太過專注於看一件東西，連它被拿走或移動，也因爲影像已經深入地烙成視覺的一部份而絲毫不會察覺。

妳以爲她們還在。

直到猛然回過神或脫離那股專注才會發覺那東西不在了。

我立刻跳下床去看平子，我拍拍她，發現她睡得很熟。我看了她一會兒，確定她的呼吸跟之前一樣勻，便鬆了一口氣（也不知道爲什麼要鬆了一口氣）。

我看看她的床腳──那長髮女子剛剛站立的地方。

再回頭看看我的床腳。

就這麼站了一會兒，才回到床上去睡。

日本人的床太軟，我睡得好辛苦啊！

　　第二天早上，平子先睡醒。她跑來把我叫醒說：欸！我昨晚夢到妳！

　　也不管我清醒了沒？她開始說她的夢：

　　……她才睡下去沒多久就感覺到夢魘，她全身被重重地緊壓著完全不能動，她覺得很痛苦，但那個時候，我突然走到她身邊拍拍她、安慰她、並且告訴她沒事！別擔心！

　　她說她清楚地感覺到我的長髮飄拂在她的手臂上。

　　我聽著聽著，才模模糊糊地想起了昨晚的兩個女子，要不是平子先說起，我根本就忘了。

　　難道昨晚那種情形不是夢嗎？

　　我跟平子說我昨晚夢到？或遇到？的事，她問：妳真的看到啦？

　　我說：我真的看到了！

　　平子：我都沒看到！

　　我還不想看到呢！

　　而且，就渡假而言，第一天就看到，還真辛苦啊！

我熱愛休假。

熱愛到可以把「休假」列在嗜好或興趣的第一位。

不過認真說來，休假是很重要的事，尤其是對創意人員來講，休假不僅是休息，同時也是充電期。

所以大家都應該休假。

年底快到了，要趕快把年假用掉。

出國玩吧！雖然才剛從新加坡領獎回來。

去那兒呢？

刪掉去過的地方：美國、智利、阿根廷、波利維亞、巴西、祕魯、埃及……

去那兒？

回老家去看看吧！

記得，我還在讀小學的時候，問過爸爸老家的地址和電話，雖然電話號碼忘了，不能留著當記憶或紀念

了，但地址可記得清清楚楚呢！

「北京，菊兒胡同六號」。

好有意思、好有氣質的地址。

「菊兒.胡同.六號」

我先訂機票訂飯店，然後去找有關北京的介紹，發現菊兒胡同還是條大胡同呢！

忽然有種近鄉情怯的感覺。

一通電話撥給我的死黨 Stone，找她陪我去。

台北飛到香港再飛到北京，等出了海關到飯店已經是傍晚七點了。

十一月的北京可凍著呢！

Stone 進了房間，放下行李，便立刻想去找熱騰騰的食物暖一暖。

食物不重要，我心裡有股急切在繞著心轉圈，但又有種希望時間慢慢過的矛盾。急切的是：明天一早要去找老家了，明天怎麼還不來？可是又很矛盾，這是我在北京的第一個晚上，真希望每分每秒都能在我眼前經過並且放大，好讓我深刻地體會、清楚地看見爸爸生前所經歷過的某一個十一月的北京夜。

忘了晚餐吃什麼，只記得我早早上床，睜著眼睛去感受，去回憶，去假設，去想像，去期待，去空白⋯⋯

在飯店吃早餐時，我坐立難安地猛灌咖啡，順便不斷地催促 Stone 吃快一點，學護理的她當然以細嚼慢嚥有益消化加以嚴正的拒絕。

於是，在多給了她約莫兩分鐘的時間之後，在她正準備吞下某種營養的時候，我便拉著她衝出去直接衝上門口的第一輛計程車裡。

「麻煩你，菊兒胡同！」

一路上我都沒說話，我緊盯著每條路看，緊盯著每個來往的人看⋯⋯好像我爸爸也走在人群中似的，好像怕錯過了他似的，那樣盯著看。

「北京城的樹好多好高大啊！」Stone 讚嘆著。

「打康熙起，北京城就只准種樹不准砍樹。」司機回應著。

我都聽在心裡頭，但沒加入對話，因為窗外的景象我都想記在心裡頭。

在沒有心理準備的狀況下，車忽然停了，停在「菊兒胡同」的路標邊。

我站在菊兒胡同口發呆，直到 Stone 拍拍我，才回神過來往胡同裡走。

　　胡同裡許多大宅院都殘破了，許多大宅子正被工人拆解著。

　　找到了六號的高牆，長得不得了，但找不到入口。後來問胡同裡的人家才知道門開在另一條胡同上。

　　找到了！

**「友好賓館」**

　　想起大姑姑說過我們老家一部份被改建成友好賓館了，看來是找對了！

　　荷花池與假山都在，高牆也在，穿廊也在……

　　另半邊兒呢？

　　成了蔣中正紀念行館了！

　　據說是北伐時，因為老家宅大院大便讓老蔣看上而來家住過，當臨時行館。

　　從來沒那麼感謝過蔣中正，就憑著他曾住過我老家，因而使老家得以被保存，就該給他鞠躬。

　　我興奮又緊張地走進大門，我想像著爸爸的步伐與路徑，前廊後廊走著張望著用手觸摸著……

　　我停在荷花池旁。

　　覺得，他溜進廳堂

　　躲進柴房

　　爬假山

越高牆

被關在書房裡練出了一手好書法……

覺得，他是宅院中瀰漫的一股孩子氣。比荷花香。

覺得……

好多「覺得」在我眼前交錯上演著……

Stone 陪著我在院子裡消磨了整個上午，我們慢慢地走出了胡同。

走回菊兒胡同口，我回頭看著胡同口的老樹枯枝，看著透過來的日光，一陣溫暖在凍人的氣候中傳來。

又要走了，五十年來回一趟，又要走了。

突然間……

我看見他在交道口南大街上跑

我看見他在鼓樓東大街上高興地叫

我看見他的長袍在風裏翻動了白花花的日光……就這麼把我的雙眼無聲無息

地溶掉

**我看見他站在人群中衝著我笑……**

然後，慢慢地舉起手對我招啊招啊招啊招啊招

然後，轉身向菊兒胡同裏跑…………

我說
爸爸借我抱一下
你笑著看我
你摟著我的肩
我緊緊抱著你

如果
知道
這是最後一次抱你
我絕不會鬆開手

Stone 陪我站在胡同口很久很久。

□

忽然覺得好餓。

餓得我們直接走進南大街上看到的第一家麵館。

我吃大白菜燉粉條，Stone 點了肉片燉粉條，我們還另外叫了個拔絲香蕉。

吃著熱騰騰的粉條，吃著香甜滾燙非常黏牙的香蕉

我跟 Stone 說：「看到沒？我可是大戶人家的女兒呢！」

Stone 笑著說：「是啊！要不是共匪，你現在可能穿著靴子，揮著皮鞭，神氣著呢！」

我說：「那是當然的！而且以我家的財力啊，還可以自己開家廣告公司呢！」

Stone 嘲笑著說：「你一天到晚只想著玩，開公司幹嘛？」

我擺出大戶人家女兒的氣勢說：「我可以命令大家都去休假啊！」

「菊兒胡同六號」


我為你記著地址

我為你回去看看

你從那兒來 所以我從那兒來


我飛過海來看

越你越過的洋上抱你抱過的想像

你說 38 年起北京在你心裏一個樣兒


我打車來看

走你走過的路上 瞧你瞧過的樹

聽說打康熙起北京不砍樹

菊兒胡同 6 號 菊兒胡同 6 號

走了許多年怎還沒到

我在車內望外瞧

見你在交道口南大街上跑

見你在鼓樓東大街上笑

見你的長袍在風裏翻起了白花花的日光

把我的雙眼無聲無息地溶掉


菊兒胡同 6 號 菊兒胡同 6 號

走了許多年怎還沒到

x　x　x

菊兒站在胡同口

等老了

x　x　x

1，3，5號 2，4，6號

胡同掀起一片白花花的浪潮

淚流過 2 號 淚流過 4 號

讓我好好看 6 號

牆高得像為遮天

牆長得像為歲月

牆老得像為與我見上一面

見見 50 年前的大宅院

你在這宅院長大

你摘過那荷花

你在池裏玩水

你爬上假山跑過穿廊

你溜進廳堂躲進柴房

你被關在書房練出了一手好書法

所以我站在這兒看荷花

你是宅院中瀰漫的一股孩子氣

比荷花香

x x x

在菊兒胡同 6 號面向西方

透著老樹枯枝，越過層層飛簷

我見著了你見過的夕陽

菊兒胡同 6 號的一日比 50 年長

再回來啊常回來啊

這次別讓菊兒老

x x x

我看見你站在人群中

我看見你衝著我笑

我看見你慢慢地舉起手對我招啊招啊招啊

然後

轉身向菊兒胡同裏跑……


我為我記著地址

我為我回去看看

你從那兒來 所以我從那兒來

你離開那宅院 所以我回來


——想看看父親成長的老家，
故依父親生前所描述種種，自己回家

死同學帶給我的同學會

　　鴨子死了。

　　鴨子是自焚的。

　　鴨子在台大男生宿舍頂樓自焚死了。

　　那年鴨子大二，台大物理系二年級。

　　他自焚的那天，我正在剛入社會的第一份工作上埋頭苦幹，為某個品牌的洗髮精斟字酌句，只想寫出一個驚天動地又具銷售力的標題，渾然不知一個我從小學便認識的生命，正在離開我。

　　第一個聽到這個消息的是小學班上的兩個男生，他們真的是「聽到」。

　　那天，在當兵的烏賊與阿智放假，他們在回左營的火車上各自用耳機聽著收音機，不約而同地收聽中廣新聞網的夜間新聞，不約而同地同時聽到。

　　烏賊說，播報員以極流利而咬字清晰的標準國語很

快的唸過台大 xx 系二年級學生 xxx 在男生宿舍頂樓引火
自焚身亡的消息，若不是名字與科系過於熟稔，以那種
連重音或斷句都沒有的方式所說出的話，即使再重要也
會誤以為不重要，誰也不會聽進去。

頂多，聽見「自焚」吧！

### 台大 xx 系二年級學生 xxx 在男生宿舍頂樓引火自焚身亡

「自焚」，是整句話中，唯一讓人會有感覺的字，當
然，那也只是肌膚上的隱約的刺痛感。

可是對我們而言，對我們中山國小六年三班而言，
每個字都是重音節。

當我們活在六年三班那一年時，我們連國中生活都
難以想像，更別說是同班同學的死亡。

精準地說，連想也不會去想。

我就不曾想過。

我從來沒有想過，我的小學同學，會以死亡的方式
離開我，我以為只有出國讀書以及見色忘友這一類的事
方能使我們分開。

長大後的我們，將在社會的某個角落不定期聚會，
不斷掀出彼此的糗事與底細；我們將因共同的經驗被分

類為同一群目標市場；也將因同樣的年齡被淘汰於目標市場之外，但無論如何被分類，被區隔化，我們自始至都在為彼此完成彼此的成長，並且持續地更正記憶。

也許播報員的語氣是極端精準的正確吧！

若不是鴨子，那也不過是一個大學生的自殺事件而已。

若不是鴨子，這件新聞不過是由身分、名字、地點、時間及發生的事所構成的標準規格新聞罷了。

我們也不會在乎。

因為，真的是不重要！

但是，當死的是鴨子時，又會有多重要呢？

他自焚的那年，我並不知道。

那年的同學會我們很不自然地刻意不談鴨子，有多麼不自然呢？

每次同學會大家都會比賽背學號與人名，順便交換沒到場同學的近況。

那年，23 號被略過去了。

往年，大家總是會說：23 號鴨子，他是我們班男生年紀最小的，所以是男生的最後一號。

24 號之後才是女生。當然也是從年齡大的開始排起。

　　鴨子死的那年，阿拉伯數字 1 到 52 之間是沒有 23 的。

　　只是那年的同學會上，當大家從 22 號直接跳到 24 號時，我可以聽見每個人都在說：

　　「23 號鴨子，他是我們班男生年紀最小的，所以是男生的最後一號……」

　　一波接一波像傳耳語似的，從每個人的心裡傳進另一個人的耳中再從這個人心裡輕輕吐出來進入另一個人的耳中……。一絲不苟地校對著關於 23 號的正確資料。這一點都不擾人的耳語，一點也不會打斷正題的耳語，一層一層越捲越厚，包圍著我們，緊裹著我們，像大氣層。

　　那年同學會就是在「23 號鴨子，他是我們班男生年紀最小的，所以是男生的最後一號」的氣氛中進行的。

　　從我們成為六年三班那年起，鴨子就是我們班男生年紀最小的。不論他自焚與否。

　　不同的是，他一直留在 22 歲。

　　我想知道 30 歲的鴨子長什麼樣子。

　　「30 歲的鴨子」這個念頭，可能使他死亡這件事對我們的重要性終於得以被發現。

高二那年的同學會忽然閃進腦子裡。我想起小學六年級時隔壁班跟我一起打躲避球的同學：王之穗。小學畢業後就沒見過她了，於是我順口問起她。

Stone 說：王之穗在國二那年跟男朋友半夜飆車時，出車禍死了。

一個問題，早三年問跟晚三年問，對人生有什麼影響嗎？

沒有。
因為人已死，對人生當然沒有影響。

而我就是不能相信小學畢業後，第一次聽到王之穗的消息時，內容是：她死了。

高二的我，問起一個應該也是高二的同學。

但她在國二就死了。

她與我，同年齡到 14 歲，之後，我們就不再是同年齡的女生了。

她已經死了三年了。我有三年不曾想起她。我從沒想過她「活著」這件事該被懷疑。那一瞬間我沒有辦法原諒我自己，我很想跟她道歉。

「我真的不知道妳沒有跟我一起長大，我以為妳只是在另一所學校，我以為我們只是各自努力長大而已……」

高二的我忽然發現，有人竟在我沒空想起的時光中，像我把她拋諸腦後般地也拋棄了我。

她在國二就把我的一些共建記憶帶走了，我跟她共同建構的打躲避球的記憶，從此死無對證。而我在高二才發現。

中間三年，我竟不曾察覺。

如果我在 50 歲才問起她呢？

我會一直「誤」以為她活著呢！原來不聯絡跟死亡之間是有等號的。

這真是生命的恐怖面啊！

高二那年的我，把同學的倏然死亡歸類到青春期對生命質疑的檔案夾裡，不再多想。

那次小學同學會給我的衝擊很大，覺得生命是以恐嚇的方式督促我，而一時的錯愕與長期的後悔才是生命要我們去面對的東西。

那也許只是身在青春期，卻懷疑青春不再的恐懼感作祟。

　　但是當我到了 30 歲，仍在斟字酌句地為各種產品下標題寫旁白時，我不得不想起他們。

　　22 歲的我被創意的熱情燒灼著，22 歲的鴨子被一桶汽油燒灼著。

　　我被燒了 8 年，燒到我 30 歲。或者說，成為 30 歲的我。

　　鴨子依舊是 22 歲。

　　我們都被自己點燃的火燒著。理智地找到燃點，企圖達到所想要成為的狀態。

　　如果 30 歲的我還有一桶汽油、一根火柴燃起一把火！我一定能讓 30 歲的我跟 22 歲不同。

　　汽油在哪裡？火柴又化身為哪種形式出現在我的生命中？

　　當年，鴨子自焚時，我埋首努力的某牌子洗髮精仍活躍在電視上，我經常看到它，比看到我的老同學或親戚朋友的頻率都高。

　　有點怪。

　　我發現，要描述我這 8 年的生命，似乎用各類商品的上市或廣告或幾十座獎就能描述清楚。

　　難道我比鴨子多活 8 年的價值或所得或所失都僅於此？

　　22 歲那年的理想讓我在 30 歲，再次見識到生命的恐怖面。

　　有種生命已然停頓的感覺。

　　當我自認為已經找到生命的定位點，而為之狂熱時，卻發現被「定」在那個點上。

　　「夢想」突然間成為牢籠。

　　我該放開 22 歲時的夢想嗎？

　　對 30 歲的我，它，仍具有魅力嗎？

　　當我 70 歲時，我將用多少個產品、多少支廣告、多少個標題與獎座來形容我呢？

　　這個念頭進入我的腦子裡時，以前經歷過的，也就是高二同學會上聽見王之穗已經死了 3 年的那種「一時的錯愕」又回來了。

　　30 歲的我，不能，再，把對生命的質疑，歸檔到青春期的檔案夾中。

　　回頭看看，青春期的種種質疑，其實是對生命的渴望。

　　所有的不滿，都是渴望。

　　我突然了解到，「不滿」只是「渴望」的負面化雛形。

　　而現在，我對自己 **有・渴・望**。

22 歲的鴨子用一把火表達不滿。

因為他心底的渴望壅塞著成為絕望。

30 歲的我跟 22 歲的鴨子都在同一個關口上掙扎。

我看見，陽光刺眼的午後，悶燥的不流動空氣與老師的話語模糊成一片催人欲睡的熱風，不斷攻擊中山國小六年三班。鴨子坐在我後面，他又在我背後低聲的講著嘲諷老師意見的話，我每次都得忍著別大笑，我回了他一句話，兩個小學生開始悶笑……。

我想不出有哪一科老師沒有被他暗中唱反調過，大禹三過家門不入也笑，走在長輩右後方還是左後方也笑……。他讓我笑遍每一堂國語、數學、生活與倫理、健康教育、自然……他好像只放過「一加一等於二」吧！

當年坐在前後位置，在課堂上竊笑的兩個小學生，總是試圖在慣常的生活內容中渴望著一些「什麼」進入生命裡！

□

10 年後，鴨子是因為要不到什麼而自焚？

24 號張玉玫。

阿拉伯數字 23 為了阿拉伯數字 24 而退出整個阿拉伯數字。

那年張玉玫正談著她大學的第一場戀愛。

專情的 24 拒絕了暗戀的 23 。

我們失去了 23 。

與 24 完全無關，但是阿拉伯數字 24 比任何數目字都痛苦。

張玉玫不再出現在我們的小學同學會上，我們班不再有 23 與 24 。

愛情，或張玉玫，是鴨子 22 歲那年的渴望？

我對自己的渴望又落在哪裡？是對 30 歲的夢想與熱情的渴望？還是對 30 歲的我的生命樣態的渴望？

30 歲的鴨子，會不會，比 22 歲的鴨子，更有機會得到張玉玫呢？

我想跟王之穗道歉的話，也許只是：「對不起，我忘了你。」

30 歲的我，會不會，比 22 歲的我，更有機會完成小時候的夢想呢？

我想跟自己道歉：對不起，我忘了 5 歲的我；

對不起，我忘了 13 歲的我；

對不起，我忘了 17 歲的我；

對不起，我忘了 22 歲的我；

對不起，我忘了 28 歲的我……。

對不起，我差點忘了 30 歲的我。

如果，今天鴨子來參加小學同學會見到我，他會怎麼說呢？

也許他會說：喔！30 歲的你是這樣子的啊！

或者他會說：不愧是 30 歲的女生喔！

或者他會說：你跟以前一樣都沒變嘛！

或者他會說：太棒了！你竟然眞的去……！

「太棒了！你竟然眞的去……。！」

但是我會跟他說：嘿！你一直留在 22 歲，我已經到 30 歲去了！我們會有代溝喔！

至於王之穗呢，如果今天我們再約出去打球……

她可能會說：你已經好多年沒打球了吧！有點生疏喔！啊！球技變得爛透了！

我會跟她說：請你手下留情吧！30 歲的女生恐怕打不過 14 歲的女生呢！

如果今天眞的能跟他們見面，我，以 30 歲的樣貌與狀態，面對 22 歲的鴨子與 14 歲的王之穗時，他們認得出我嗎？

30 歲的我，身上還剩下多少 14 歲或 22 歲的痕跡與氣味？

　　也許，我該先跟自己開個同學會……。把小學的我，中學的我，大學的我都找回來，看看彼此是否還能認出對方？畢竟我們太久沒見面了。在我的同學會上，我們還可以一起討論一下：當 31 歲的我，加入這個同學會時，我們要如何介紹她……。

　　這是鴨子跟王之穗帶給我的同學會。

1.2.3.4.5.6.7.8.9. 我要走了

　　準備走進第十年。

　　一生不知道能活多久，也不知道能有幾個十年。

　　但我知道大概沒有人會像我這樣大張旗鼓地提醒自己十年將至──該檢視人生夢想了。

　　這顯然不像醫生告訴病人還有多久的日子好活那般的壯士一去兮不復返！

　　反倒像是武功不太高強，名聲不夠響亮的江湖人士，自己張貼佈告，告訴大家：我，要自廢武功啦！

　　當然，結果可想而知，不是被另一張紅紙大消息給蓋掉，就是路人大夥兒沒事經過佈告時笑話一番。

　　對江湖起不了波瀾。

　　自己可驚濤駭浪，暗潮洶湧著呢！

　　尤其是當她自以為行走江湖十年，正要瀟灑告別然後周遊列國之際，被她的同學啊老友啊……屈指一數，

發現她扎扎實實地浮報一年。

　　於是，數學上的基礎加法幾乎成為她文學創作上的「敗筆」。

　　唉！就歸類到「傷痕」文學吧！

　　但是啊但是，最幸福的是：在對爸爸講完一些故事之後，心中的遺憾舒緩了些之後，似乎可以真正面對夢想，或者這麼說吧，可以勇敢站在夢想的交界上清楚地思考方向。

　　我拿出那張大學畢業前夕所列的夢想清單，仍然覺得對自己的承諾很重要。因為，生命中有太多的意外使我們不能依照自己的期望進行。

　　至少，不要讓自己成為破壞自己期望的那個「意外」。

　　看看我，坐在鍵盤前打字的我，現在，二零零一年，八月的某一天的我⋯⋯

　　我永遠不可能像大學畢業那年那樣的年輕。

　　正如我永遠不可能再像今天這樣的年輕。

　　但是，當我為夢想前進時，我便能強烈地感覺到大學畢業那年的我的氣勢。無論是種無知的年少氣盛或是本質上的篤定。我喜愛那種義無反顧的勇氣。

　　它會讓我擁有「可能性」。

我仍在那種氣勢中。

只是更斤斤計較於人生的完成度。

而且長大了，便想得多了，我常會這樣想：

現在。二零零一年。某月的某一天。這個日期在我生命中只此一次，永不再來。

## 永.不.再.來.

因此，我沒空去想念上一秒的微笑

因為當下這一刻永不再來啊！

我沒空去哀悼上星期說錯的一句話

因為當下這一刻有當下這一刻的經驗配額

（衝啊！向前衝啊！）

這樣對嗎？

不對嗎？

關於這種汲汲於當下的實際態度，我總是沒有答案。

直到我寫完這些以回憶為基礎的文字時，我開始懷疑我漏失了多少當下經驗。

在我專心回想，在我敲打鍵盤，在我斟字酌句，在我鋪張浪費地運用修辭之際⋯⋯

我錯過大舅舅家的聚餐、二舅舅的生日⋯⋯現實世

界被我拋諸腦後，我偏執地回頭去找以前的感覺，以前的想法狀態……。

在我寫下這些文字時，我擁有了被文字化的過去，卻只有「文字化過去」這個過程的現在。

那麼，這一天對我的意義是什麼？

我寫下了這九年中發生在我身上的，比較有意思或重要或特殊的事件。

因爲我是那麼那麼地感謝身邊的人、事、物，他們用不同的方式充實了我的人生，豐富成今天的我。

於是，越寫記憶就越源源不絕。因爲還有好多好多事值得渲染成美好記憶呢！

我好像又回頭活了一遍。

越寫就越活在過去，但也不能稱之爲「活」，那只是重建記憶中的事件現場，反倒忘了「活」。

「今天」的意義，好像是用來證明昨天的存在。

於是「今天」的生活內容便是：回憶五年前或四個月前的某一個事件……

這是「上.一.秒.的.微.笑.」

我完全迷失了。

因爲那永.不.再.來.的微笑太迷人。

而我永遠不可能再像大學畢業那年那樣的年輕。

只有重新出發時才能有那種興奮而慌張的氣勢。

而那是下一秒的事。

忽然有種「上一秒末年」或「微笑元年」的感覺。

一篇本來該以夢想告別式的方式進行的文章變成了倒數的按鈕。

對於生命或夢想，我總以倒數計時的方式前進。

但它們寬大慷慨地以正數的方式為我的人生累積。

好吧！

倒數開始了……

爸，這是我在擁有你又失去你之間的生活報告。

**國家圖書館出版品預行編目資料**

菊兒胡同六號／吳心怡著 ——初版——台北市：大塊文化，200 1 [民 90]

面： 公分——(Catch : 38)

ISBN 986-7975-00-6 (平裝)

855 90018127

# 讀者回函卡

謝謝您購買這本書，為了加強對您的服務，請您詳細填寫本卡各欄，寄回大塊出版 (免附回郵) 即可不定期收到本公司最新的出版資訊。

**姓名：**＿＿＿＿＿＿＿＿＿＿＿＿**身分證字號：**＿＿＿＿＿＿＿＿＿＿

**住址：**□□□＿＿＿＿＿＿＿＿＿＿＿＿＿＿＿＿＿＿＿＿＿＿

**聯絡電話：**(O)＿＿＿＿＿＿＿＿＿＿　　(H)＿＿＿＿＿＿＿＿＿

**出生日期：**＿＿＿年＿＿＿月＿＿＿日　E-mail:＿＿＿＿＿＿＿＿

**學歷：** 1.□高中及高中以下　2.□專科與大學　3.□研究所以上

**職業：** 1.□學生　2.□資訊業　3.□工　4.□商　5.□服務業　6.□軍警公教
7.□自由業及專業　8.□其他＿＿＿＿＿＿

**從何處得知本書：** 1.□逛書店　2.□報紙廣告　3.□雜誌廣告　4.□新聞報導
5.□親友介紹　6.□公車廣告　7.□廣播節目 8.□書訊　9.□廣告信函
10.□其他＿＿＿＿＿＿＿

**您購買過我們那些系列的書：**
1.□ Touch 系列　2.□ Mark 系列　3.□ Smile 系列　4.□ Catch 系列
5.□ PC Pink 系列　6 □ tomorrow 系列　7 □ sense 系列

**閱讀嗜好：**
1.□財經　2.□企管　3.□心理　4.□勵志　5.□社會人文　6.□自然科學
7.□傳記　8.□音樂藝術　9.□文學　10.□保健　11.□漫畫　12.□其他＿＿＿

**對我們的建議：**＿＿＿＿＿＿＿＿＿＿＿＿＿＿＿＿＿＿＿＿＿＿

＿＿＿＿＿＿＿＿＿＿＿＿＿＿＿＿＿＿＿＿＿＿＿＿＿＿＿＿＿＿＿

＿＿＿＿＿＿＿＿＿＿＿＿＿＿＿＿＿＿＿＿＿＿＿＿＿＿＿＿＿＿＿

LOCUS

LOCUS

LOCUS

LOCUS